WIGETTA

EN LAS DINOLIMPIADAS

VEGETTA777   WILLYREX

WIGETTA

EN LAS DINOLIMPIADAS

Obra editada en colaboración con Editorial Planeta – España

Primera edición impresa en España: noviembre de 2016
ISBN: 978-84-9998-570-1

Primera edición impresa en México: noviembre de 2016
Tercera reimpresión en México: abril de 2021
ISBN: 978-607-07-3720-6

Impreso en los talleres de Impregráfica Digital, S.A. de C.V.
Av. Coyoacán 100-D, Valle Norte, Benito Juárez
Ciudad De Mexico, C.P. 03103
Impreso en México - *Printed in Mexico*

ÍNDICE

VIVE EN 3D
LA REALIDAD VIRTUAL
Y AUMENTADA DE ESTE LIBRO

QUÉ TIENES QUE HACER PARA PODER VERLA:

Paso 1: Descárgate la aplicación
Wigetta en las Dinolimpiadas

Paso 2: Pon tu celular o tableta
encima de las ilustraciones con este icono

Paso 3: Y si tienes gafas de Realidad Virtual, úsalas
cuando veas este otro marcador

Paso 4: ¡¡¡DISFRUTA CON TUS AMIGOS
DE ESTA INCREÍBLE EXPERIENCIA!!!

UNOS VISITANTES GIGANTESCOS

La habitación permanecía en penumbra. Las cortinas estaban echadas, impidiendo que entrase la luz y que cualquier vecino curioso de Pueblo tratase de cotillear. Si se enteraban de lo que estaba cociéndose allí, **WILLY** y **VEGETTA** estarían perdidos. ¡Su reputación podría verse seriamente dañada!

Los dos amigos estaban frente a los fogones. Willy llevaba puesto un delantal amarillo chillón y Vegetta, que no quería ser menos, había optado por otro muy parecido. Los dos habían protegido sus ojos con unas llamativas gafas que habían tomado prestadas del laboratorio de su buen amigo, el científico **RAY**. Guantes y gorros de protección completaban su indumentaria. Aquella mañana habían quedado en su casa para realizar experimentos.

Willy y Vegetta miraban asombrados las espirales de humo que brotaban de los cuencos de cerámica que el propio Ray se había encargado de traer.

—¡Ácido oleico!

—exclamó Vegetta, asombrándose al ver que el humo cobraba un color amarillento.

—¡Cloruro sódico!

—gritó con más fuerza Willy, haciendo grandes aspavientos con sus manos.

El humo se oscureció y se hizo más denso al añadir otro ingrediente. Pocos segundos después, recuperaba la tonalidad verdosa del principio. Era desconcertante. ¿De qué color se volvería si echaban algo más?

—Probad con esto —les dijo Ray mientras les entregaba un pequeño tarrito con unos polvos anaranjados de olor penetrante.

Willy y Vegetta se miraron, asintieron y, decididos, exclamaron al mismo tiempo:

—¡¡CÚRCUMA!!

El líquido que llenaba los cuencos empezó a borbotear, animado por el calor de los fuegos. Willy y Vegetta observaron con la boca abierta cómo estallaban las burbujas; parecía lava de un volcán a punto de entrar en erupción.

—Chicos, sabéis que gritar esas cosas no sirve de nada, ¿verdad? —preguntó Ray, sacudiendo su despeinada melena de león.

—Pero ayuda a crear ambiente —explicó Willy, frotándose las manos.

—Nos ayuda a meternos en el experimento —añadió Vegetta.

—Pero no tiene ninguna utilidad y, para colmo, me distrae —protestó el científico—. Queréis que os enseñe, ¿no?

—Sí, sí. Lo sentimos —se disculpó Vegetta—. Ya paramos.

Ambos siguieron añadiendo a los cuencos los ingredientes que Ray les indicaba, controlando la temperatura y removiendo cuidadosamente cuando era necesario. Entonces, Willy dirigió una mirada a Vegetta y, guiñándole un ojo, repitió en un tímido susurro:

—CÚRCUMAAA.

—**¡YA BASTA!**—protestó Ray, con los brazos en jarra—. Sabéis perfectamente que nadie llama al aceite «ácido oleico». Tampoco echamos cloruro sódico en los alimentos, sino sal. Y en la cocina el agua es agua, no óxido de hidrógeno. ¡O dejáis de decir esas cosas o doy por terminadas las clases de cocina!

—¡NO, NO! ¡POR FAVOR!

—suplicó Willy—. ¡No lo volveré a hacer!

—¡Y no son clases de cocina! —puntualizó Vegetta—. ¡Que quede claro que son experimentos! ¡Estamos aprendiendo a convertir la verdura en un delicioso manjar! ¡El agua en vino! ¡A transmutar metales en oro!

—Que yo sepa, solo os estoy enseñando lo primero —aclaró Ray, señalando los cuencos—. Simplemente estamos cocinando brócoli para convertirlo en un delicioso manjar.

—**¡Lo ha dicho!** —exclamó Vegetta, llevándose las manos a la cabeza.

—**¡La palabra prohibida!** —dijo Willy, aterrorizado—.

¡BRÓCOLI!

TROTUMAN, que andaba recostado en una butaca del salón, se despertó de un brinco. Aquel ambiente cálido y ese olor extraño, pero agradable, que los envolvía habían conseguido que le entrase sueño. La mascota había dormido profundamente, a pesar del escándalo que montaban Willy y Vegetta cada vez que exclamaban sus particulares palabras mágicas. Entre sudores fríos, preguntó:

—¿Alguien ha dicho brócoli?

¡¿Estáis todos bien?!

¡Tenemos que buscar ayuda!

—Tranquilo, Trotuman —dijo Willy, calmando a su mascota—. Ray nos está enseñando sus avanzados conocimientos científicos para convertir el brócoli en algo delicioso. ¡Es un experimento increíble!

—**¡Os digo que no es un experimento!** ¡Estáis cocinando!

En aquel instante, **VAKYPANDY** apareció detrás del grupo, asomando la cabeza por encima de los hombros de sus amigos. Miró al científico con gesto serio y alzó una ceja.

—¿Qué es este olor tan raro? —preguntó.

Todos se echaron a reír. En el fondo, Ray se lo estaba pasando muy bien, al igual que Vegetta y Willy. Les encantaba poder dedicar una tarde a estar entre amigos, dejando aparcadas por un momento algunas de sus preocupaciones. El *Libro de códigos* seguía en paradero desconocido. Desde que se lo había llevado aquella criatura verde el día de su regreso del viaje interdimensional, no habían vuelto a saber de él. Lo habían buscado por todos los medios, pero todavía no lo habían localizado. Ese día habían decidido despejar la cabeza y dedicarlo a aprender a cocinar o, como ellos decían, a hacer experimentos.

—¿Qué os hace tanta gracia? —insistió Vakypandy—. ¡Aquí apesta! Deberíamos abrir la ventana para ventilar un poco.

—¡NO! —gritaron Willy y Vegetta al unísono—. No queremos que la gente se entere de que estamos cocinando br...

¡BRÓCOLI!

De pronto, escucharon un tremendo griterío procedente del exterior.

—**¡OS LO DIJE!** —protestó Trotuman—. Habéis vuelto a pronunciar la palabra prohibida y ya la habéis liado.

Los amigos se asomaron rápidamente a la ventana, para ver qué estaba pasando. Vieron a varios vecinos de Pueblo corriendo. Huían despavoridos hacia sus casas. Vieron a **PELUARDO** llevándose las manos a la cabeza como si se acabase el mundo.

—**¡PELUARDO!** —llamó Vegetta desde la ventana—. ¿Qué está pasando?

—¡No lo sé! —respondió Peluardo—. Como todo el mundo corre, yo también. ¡Solo por si acaso!

—¡Eh, **TABERNARDO**! —gritaron al tabernero, que también pasaba por allí—. ¿Qué sucede?

—¡Hola, Willy! ¡Hola, Vegetta! —saludó Tabernardo mientras daba grandes zancadas en busca de un refugio—. ¿No os habéis enterado todavía? ¡Han llegado unos monstruos a Pueblo!

—**¿Has dicho MONSTRUOS?**

—repitió Peluardo, tragando saliva.

—¡Son gigantescos y tienen el aspecto más terrorífico que hemos visto jamás! —añadió Tabernardo.

—¡GIGAN... GAN... TESC... C... COS!

—tartamudeó Peluardo, totalmente poseído por el miedo.

—¡Como lo oyes! ¡Y parecen sedientos de sangre! —remató el tabernero.

—**¡Vamos!** —exclamó Peluardo—. **¡Todos a salvo! ¡Los monstruos nos invaden!**

Willy y Vegetta sacudieron la cabeza. A diferencia de la mayoría de sus amigos, ellos no acostumbraban a huir de los problemas. Es más, solían ir en su busca.

—Vamos a echar un vistazo —propuso Willy—. Ray, quédate aquí. Si en verdad hay monstruos, podría ser peligroso.

—Entendido —respondió Ray—. Vigilaré vuestros guisos, no sea que se eche a perder la comida.

—¡BUENA IDEA! ¡Termina de completar nuestro

experimento! —dijo Vegetta, en tono bromista.

Los dos amigos salieron a la calle acompañados por sus mascotas y caminaron a contracorriente. Los habitantes de Pueblo seguían gritando desesperados. ¿Acaso Pueblo estaba siendo atacado por un nuevo virus? ¿Tenía esto algo que ver con los secretos que guardaba el *Libro de códigos*? No tardarían en averiguarlo. Enseguida se dieron cuenta de que todo el mundo venía del mismo sitio: el puerto.

—**Qué extraño...** —murmuró Willy—. No solemos recibir visitantes del extranjero. Tal vez uno de los barcos del capitán haya sido abordado en alta mar.

—Es posible —dijo Vegetta pensativo—. El mar es tan inmenso... Nunca me he preguntado qué habría más allá del horizonte.

—Quizá hoy lo sepamos —sentenció Willy.

Estaban llegando al puerto cuando vieron a uno de los marineros escondido dentro de un barril. Al oír que alguien se acercaba, este asomó la cabeza unos centímetros.

—**¡PSST!** —chistó, intentando no llamar demasiado la atención. Estaba muerto de miedo y no pensaba salir de su escondrijo—. ¡Willy, Vegetta! ¡Aquí!

La cabeza del marinero no asomó más allá del bigote. Estaba pálido y temblaba como si hubiese visto una legión de fantasmas. Con discreción, Willy y Vegetta se acercaron al barril y preguntaron al marinero qué sucedía.

—**Hay dos criaturas monstruosas** —respondió el marinero. Sus ojos se movían de un lado a otro, atento por si las veía aparecer en cualquier momento—. Son enormes. Yo diría que miden el doble o el triple que nosotros. ¡Por lo menos! Y... Y tienen garras. Y también dientes. Sí, muy afilados. Estoy seguro de que quieren invadirnos.

—Coincide con lo que nos ha dicho Tabernardo —asintió Willy, recordando las palabras del tabernero.

—Amigos, por lo que hemos oído, hasta el momento todo apunta a que vamos a vernos las caras con Godzilla y su hermano gemelo —apuntó Trotuman.

—¿De cuántas bajas estamos hablando? —preguntó de pronto Vakypandy.

—**¿Bajas?** —repitió el marinero.

—Sí, bajas —dijo Vegetta—. Ya sabes... Fiambres, muertos.

—Heridos, al menos —añadió Willy.

—¡Nadie!

—¡¿NADIE?! —exclamaron a la vez los dos amigos.

—No. Que yo sepa, de momento no han atacado a nadie —reconoció el marinero—. Ni siquiera lo han intentado. Pero, para ser sincero, no les dimos la oportunidad. En cuanto los vimos llegar a bordo de aquel barco de huesos, todo el mundo salió corriendo y se escondió. Cuando el barco llegó al puerto, no quedaba nadie allí.

—¿Has hablado de **un barco de huesos**? —preguntó Willy, creyendo haber oído mal.

—Así es.

—Pues suena bastante aterrador —murmuró Vakypandy.

—De todas formas, no deberíamos sacar conclusiones apresuradas —apuntó Vegetta, intentando ser optimista—. Quizá no sean hostiles. ¿Por casualidad sabes dónde están ahora?

—Supongo que no andarán muy lejos. Si os fijáis bien, desde aquí podéis ver su barco —dijo el marinero, señalando el navío con su mano temblorosa.

El barco era siniestro. No era de extrañar que los habitantes de Pueblo hubiesen huido en busca de refugio nada más verlo. El casco había sido fabricado enteramente con huesos de gran tamaño. Se preguntaron a qué criaturas habrían pertenecido. Por su tamaño, sus antiguos propietarios debían de ser enormes. Había signos de desgaste por toda la quilla, ya verdosa por el contacto con el agua y las algas. Sin duda, ese barco había surcado muchas aguas en busca de poblaciones a las que atacar. Willy y Vegetta cada vez estaban más convencidos de que aquello se trataba de una invasión en toda regla. No había más que fijarse en el mascarón de proa de aquel barco, una figura con dos amenazantes colmillos saliendo de su boca, para saber que sus propietarios no tenían buenas intenciones.

Se acercaron al barco con los ojos bien abiertos. A su derecha se encontraba el almacén, que hacía las veces de lonja.

Era un edificio viejo y deteriorado por las inclemencias del tiempo. Su interior, aunque se mantenía limpio y ordenado, despedía un intenso olor a pescado. De pronto detectaron un movimiento. Allí vieron dos figuras de gran tamaño. Estaban de espaldas, asomando la mitad de su corpachón por la entrada del almacén, como si buscasen algo o a alguien.

No pudieron verles la cara, pero sí las escamas que cubrían su cuerpo.

Armados de valor, Willy y Vegetta decidieron intervenir.

—¡EH, VOSOTROS! ¡Los del almacén! —llamó Willy.

Con cierta parsimonia, las criaturas dejaron de husmear y se volvieron hacia ellos.

A Willy y Vegetta se les escapó un grito ahogado al ver a los forasteros. Estaban ante dos dinosaurios. Uno parecía un tiranosaurio, grande y de aspecto fiero, de piel anaranjada y con sus pequeñas patitas delanteras. El otro era claramente un velociraptor, de color rojo oscuro y de tamaño más pequeño que su compañero, pero de mirada avispada.

—Bien, **no os pongáis nerviosos**. Solo queremos hablar —aclaró Vegetta.

Por si acaso, Willy y Vegetta adoptaron una posición ofensiva. El primero desenfundó su espada y palpó su bumerán con la mano, por si fuera necesario usarlo. El segundo tensó la cuerda de su arco a la velocidad del rayo, listo para el ataque si las cosas se ponían feas. Trotuman y Vakypandy secundaron a sus amigos y levantaron los puños, preparados para entrar en acción.

Los dinosaurios se sorprendieron ante la reacción de Willy y Vegetta. Al ver sus rostros tensos, comprendieron que los tomaban por criaturas hostiles. Rápidamente se dieron cuenta del malentendido y llamaron a la calma a todo el mundo.

—¡UN MOMENTO, UN MOMENTO!

—dijo el tiranosaurio—.

¿QUÉ HACÉIS?

¡Venimos en son de paz!

—¿EH? —preguntó Vegetta, sorprendido.

—No queremos luchar —insistió el velociraptor—. Solo hemos venido a traeros una cosa. Manazas, sácalo.

No sin cierto esfuerzo, el tiranosaurio abrió una pequeña riñonera que llevaba colgada del cinto y extrajo un grueso tomo de color azul. Los chicos se quedaron asombrados al verlo.

—Es vuestro, ¿no? —preguntó el tiranosaurio.

Willy y Vegetta se acercaron tímidamente, con los ojos abiertos como platos. No daban crédito a lo que estaban viendo. Habían sufrido muchas aventuras y desventuras por él, custodiarlo había sido un auténtico quebradero de cabeza y su desaparición era una gran amenaza para Pueblo. Sin embargo, allí estaba. Aquel tiranosaurio sostenía en sus manos el *Libro de códigos*.

—Un momento, un momento —dijo Willy, relajando la postura—.

¿DE DÓNDE HABÉIS SACADO ESO?

—Es una larga historia —contestó el velociraptor.

—Tenemos muchas cosas que contarnos y será mejor que lo hagamos en un sitio más tranquilo —concluyó Vegetta.

UNA HISTORIA
INCREÍBLE

El velociraptor se presentó como Gigantón, algo que hizo
bastante gracia a Trotuman y Vakypandy. Resultaba
divertido que se llamase así cuando el tiranosaurio era
muchísimo más grande que él.

Manazas, que así se llamaba este último, intentó
estrechar la mano de Willy y Vegetta, pero tenía
unos brazos tan cortos que, al agacharse,
se tropezó y cayó de bruces al suelo.
El temblor se sintió en todos los rincones
de Pueblo. Las mascotas tuvieron
que hacer un gran esfuerzo para contener
las carcajadas.

Los amigos guiaron a los recién llegados por Pueblo hasta los bancos que había frente a la Gran Biblioteca. Sin duda, la Gran Biblioteca habría sido el lugar más tranquilo para hablar, pero Lecturicia, la bibliotecaria, se habría puesto hecha un basilisco. El sitio escogido tampoco era una mala opción. Las dos mascotas corrieron a sentarse en el extremo de uno de los asientos. Cuando vieron que el tiranosaurio escogía su mismo banco para sentarse, se sintieron horrorizadas, pues estuvo a punto de provocar que ambas saliesen disparadas como si de una catapulta se tratase.

–¡EH, GRANDULLÓN!

—protestó Trotuman—.

A ver si tenemos un poco de cuidado.

—Lo siento —se disculpó Manazas, sonrojándose al instante.

Willy y Vegetta se sentaron en otro banco junto a Gigantón.

—Venimos de **ISLA DE HUESOS** —explicó el velociraptor—. Está en un archipiélago a varios días en barco de aquí. Lo cierto es que se encuentra alejada de cualquier civilización, así que puede decirse que llevamos una vida tranquila. Por supuesto, no estamos acostumbrados a las visitas.

—Hasta que apareció alguien por allí con este libro, ¿no? —aventuró Willy, señalando el *Libro de códigos*.

Él sospechaba quién era ese «alguien». Aún tenía grabado en la retina aquel momento en el que regresaban a Pueblo a través del portal interdimensional creado por Ray. Allí se cruzaron con una misteriosa criatura verde. Poco después, recibían la desagradable noticia de que Ray había sido atacado y aquella criatura se había llevado el *Libro de códigos*.

—En realidad, no apareció nadie —reconoció Gigantón, para sorpresa de Willy—. Fue Manazas quien lo encontró.

—Sería más acertado decir que el libro me encontró a mí —puntualizó el tiranosaurio.

—Vaya, qué interesante —murmuró Willy, intrigado—. Entonces, ¿cómo encontrasteis el libro?

Gigantón se aclaró la garganta, dispuesto a contar la historia.

—Dentro de unos días en Isla de Huesos se celebrarán las **DINOLIMPIADAS** —explicó el velociraptor, a modo introductorio—. Se trata de un gran evento que tiene lugar cada cuatro años. En él, los habitantes de la isla se reúnen para presenciar cómo los mejores atletas dinolímpicos compiten por el **HUESO DE ORO**. Es una competición tan emocionante que, en cuanto finaliza una, ya estamos preparando la siguiente.

Manazas, aquí presente, participará en las próximas Dinolimpiadas. Y va dispuesto a ganar. ¡Solo piensa en hacerse con el Hueso de Oro para...!

—**¡Bueno, ya basta!** —lo interrumpió Manazas, impidiendo que Gigantón desvelase información comprometedora—. Te estás desviando de la historia.

—Tienes razón, amigo —reconoció Gigantón—. Ganar las Dinolimpiadas no es algo fácil. Hace falta mucho entrenamiento. Por eso estábamos en el Bosque Selvático, a las afueras de Capital Huesitos. Allí hay un lugar aislado donde Manazas lleva entrenando los dos últimos años y donde sucedió todo.

—Así es —asintió el tiranosaurio—. Estaba haciendo unos ejercicios en unos árboles, cuando...

—Manazas, no hay nada de malo en decirles a nuestros amigos que en realidad estabas practicando el salto de lianas —aclaró Gigantón—. De hecho, lo estaba haciendo francamente bien hasta que su peso hizo que una de ellas se partiese. El tortazo fue monumental.

Trotuman y Vakypandy abrieron los ojos como platos, tratando de imaginar al dinosaurio volando entre lianas como si de un mono se tratara.

—Me di con la cabeza contra un árbol —explicó Manazas.

—**¿Y se rompió?** —preguntó Vakypandy.

—No, afortunadamente mi cabeza sigue en su sitio —contestó Manazas—. Aunque a veces todavía veo doble.

—Me refiero al árbol. Si se rompió el pobre árbol, que no tenía la culpa de nada.

—**¡Ah! ¡El árbol!** —dijo entre risas el tiranosaurio—. No. Debí de estrellarme con el árbol que tenía el tronco más grueso de toda Isla de Huesos. Eso sí, tembló desde las raíces hasta la copa...

—Y ese fue el motivo de que le cayera el libro en toda la cabeza —completó Vegetta.

—**¡Exacto!** —exclamó Gigantón—. ¿Cómo lo has adivinado?

—**Digamos que ya tenemos cierta experiencia resolviendo algunos casos.**

Mientras Manazas se deshacía en elogios hacia Willy y Vegetta por sus habilidades como detectives, Gigantón explicó que no era habitual ver libros en Capital Huesitos.

—Sabemos de su existencia, pero nosotros usamos tablas de pizarra para escribir —explicó—. Como podéis imaginaros, no estamos acostumbrados a leer mucho. Tal vez por eso nos llevó casi una semana descifrar el texto de la primera página. Decía claramente:

«Propiedad de la Gran Biblioteca de Pueblo».

Y si era propiedad de alguien, nuestra obligación era devolverlo.

Los dinosaurios explicaron que tuvieron que investigar sobre la ubicación de Pueblo, pues nunca habían oído hablar de ese lugar.

—Al final tuvimos que acudir a Sam Mil Leguas, nuestro pterodáctilo más aventurero —informó Gigantón—. Es mayor y hace ya tiempo que no sale de expedición. Pero se cuenta que, cuando era joven, sobrevoló todo nuestro mundo. Y debe de ser verdad, porque recordaba con bastante precisión dónde se encontraba este lugar.

—Y aquí nos tenéis

—concluyó Manazas—. Después de tres días de navegación, por fin hemos llegado al puerto de Pueblo.

—Es una historia increíble —reconoció Willy.

—Sí —asintió Vegetta—. Y demostráis gran honradez al traer de vuelta el *Libro de códigos*.

—Gracias, gracias —contestó Gigantón—. Hay una pregunta que aún me inquieta. Si este libro pertenece a la Gran Biblioteca de Pueblo… ¿Cómo llegó hasta Isla de Huesos?

Willy y Vegetta se miraron. Ambos sabían la respuesta o, al menos, la intuían.

—Veréis...

Entre los dos amigos explicaron brevemente los orígenes y la importancia del *Libro de códigos* para su mundo. También les contaron cómo fue robado por una misteriosa criatura verde mientras ellos vivían una increíble aventura en una dimensión paralela. Allí visitaron una ciudad acuática, se adentraron en el mundo de los trolls de las cavernas y se enfrentaron a un poderoso dragón.

—A nuestro regreso, el portal interdimensional a través del que viajamos sufrió un apagón repentino —comentó Vegetta—. Eso debió motivar que la criatura verde no llegase a abandonar nuestra dimensión y terminase en Isla de Huesos.

—¿Significa eso que...

—Me temo que sí —asintió Willy, adelantándose a las palabras de Gigantón—. O mucho me equivoco, o **esa criatura está ahora mismo en Isla de Huesos.**

—¡NUESTRO HOGAR ESTÁ EN PELIGRO!

—exclamó Manazas—. **¡La extinción se acerca! ¡Debemos regresar y alertar a nuestros amigos cuanto antes!**

Vegetta se levantó y caminó nerviosamente de un lado a otro.

—Tranquilo, Manazas —dijo—. El mundo no se va a acabar. Al menos, mientras el *Libro de códigos* esté en nuestro poder.

—¡Pero esa criatura podría ser malvada! —gritó Manazas—. ¿Qué hará si descubre que el libro ha desaparecido?

—Puede que se ponga un poco nervioso —dijo Willy—. Pero no creo que tenga nada que hacer contra una comunidad como la vuestra. Claro que, si os quedáis tranquilos, siempre podemos acompañaros de regreso a Isla de Huesos. Solo por si acaso.

—¡PISTONUDO! —exclamó Gigantón—. **¡Una idea brillante!**

—Bien, no se hable más —dijo Trotuman—. Con tanto relato de aventura me ha entrado hambre. ¿Qué os parece si llevamos a nuestros nuevos amigos a probar una de las pizzas de Bru-Hut?

Willy observó sonriente a su mascota.

—¿No estarás intentando escabullirte? Sabes perfectamente que tenemos brócoli para comer...

Trotuman tragó saliva.

—Pero... **¡No habrá suficiente para todos!** Seguro que Manazas tiene un hambre voraz, ¿verdad?

—Oh, no te creas —respondió el tiranosaurio—. No debo descuidar mi línea. ¡Las Dinolimpiadas se acercan!

Al oír aquella respuesta, Trotuman torció el gesto y se cruzó de brazos. Vakypandy, por su parte, se echó a reír.

—En cualquier caso, antes de pensar en la comida, sería conveniente poner a buen recaudo el *Libro de códigos* —propuso Vegetta—. **No me lo perdonaría si volviese a desaparecer.**

—**¿Has pensado algún sitio donde esconderlo?** —preguntó Willy.

La respuesta la tenían a sus espaldas. Antes de recibir el encargo de custodiar el *Libro de códigos*, este había permanecido escondido en una cámara secreta de la Gran Biblioteca, bajo estrictas medidas de seguridad. No habría un lugar más seguro en todo Pueblo.

Tras tomar la decisión, Willy y Vegetta encabezaron la marcha. Aunque normalmente accedían a la Gran Biblioteca por la puerta de los visitantes, no tuvieron más remedio que abrir el portalón principal para que pudiese entrar Manazas.

Al instante se vieron envueltos por el silencio sepulcral que invadía la Gran Biblioteca. Los dinosaurios quedaron fascinados al contemplar las hileras repletas de estanterías y libros. Nunca habían visto nada igual.

UN GRITO RASGÓ EL SILENCIO.

Cuando Lecturicia salió de su despacho, se llevó un susto de muerte al ver que había dos dinosaurios merodeando por la biblioteca.

—¡Son amigos! ¡Son amigos! —se apresuró a aclarar Vegetta.

Trotuman corrió en busca de un vaso de agua para la bibliotecaria, que había estado a punto de desmayarse.

—No temas —la tranquilizó Willy—. Manazas y Gigantón han venido de tierras lejanas para traernos...

—¡El *Libro de códigos*! —exclamó Lecturicia y en un abrir y cerrar de ojos se recuperó—. **¡Esto sí que es una buena noticia para Pueblo!**

Todos asintieron. Rápidamente le explicaron cómo había llegado a manos de los dinosaurios y cómo estos habían hecho un largo viaje para devolverlo.

—Lecturicia... —dijo Willy—, Vegetta y yo lo hemos hablado. Ya nos conoces, estamos constantemente metidos en problemas y envueltos en aventuras. Desde luego, no somos los guardianes ideales para un objeto de tanto valor. En cambio tú... eres la candidata ideal. ¿Podrías guardarlo?

—**Será todo un honor, amigos míos** —contestó Lecturicia, visiblemente emocionada.

Willy y Vegetta suspiraron aliviados. Por un momento habían temido que la bibliotecaria les tirase el libro a la cabeza.

—Te lo agradecemos —respondieron. Acto seguido, se dirigieron a los dinosaurios—. Y a vosotros también. Lo que habéis hecho no tiene precio. No tenemos manera de devolveros el favor.

—No ha sido nada —aseguró Gigantón.

—**Ejem... Yo...** A mí sí me gustaría pediros un pequeño favor —dijo de pronto Manazas.

Todos escucharon atentamente al tiranosaurio.

—Cualquier cosa que esté en nuestra mano —respondió Willy.

—Veréis... Me gustaría llevar un regalo a una buena amiga mía.

—**¡Así que es eso, bribón!** —exclamó Gigantón, golpeando el hombro de su amigo.

—**¡Me encanta!** —exclamó Lecturicia—. **¡Un dinosaurio romántico!** ¿Has pensado en algo?

Manazas se sonrojó y se encogió de hombros. Al instante, comenzaron a llover todo tipo de sugerencias: un ramo de flores, una caja de bombones... Trotuman propuso llevarle una generosa ración de pizzas de Bru-Hut. Se relamió solo con pensar en la idea.

—Está visto que ninguno de vosotros sabe lo que es un regalo especial —les echó en cara Lecturicia—. Déjame que haga unas consultas.

La bibliotecaria entró en su despacho. Pocos minutos después salió llevando bajo el brazo un viejo tomo por cuyos extremos sobresalían páginas sueltas y papeles con notas y dibujos. Lo colocó sobre una de las mesas de estudio y lo abrió.

—Seguro que aquí encontramos algo interesante —dijo, mientras hojeaba el libro con atención—. Un momento... ¡Aquí está! ¡Esto es justo lo que necesitáis!

Giró el libro y se lo enseñó al grupo. La página en cuestión mostraba un antiguo grabado. Parecía un altar ricamente decorado. Sobre este descansaba un objeto de oro con piedras preciosas: un rascador para la espalda.

—**¡ALUCINANTE!** —exclamó Gigantón.

—**¡Es perfecto!** —reconoció Manazas—. Un utensilio mágico para rascarse la espalda para brazos cortos como los nuestros... Había oído hablar de esta clase de objetos, pero nunca pensé que fueran reales. Sería un regalo ideal. ¿Y dices que hay uno en Pueblo?

—Es algo más complicado —señaló Lecturicia—. Este ejemplar se encuentra en el **TEMPLO DE LOS TESOROS**, al norte de nuestra ciudad. Era un lugar secreto donde los reyes de la antigüedad guardaban sus posesiones más preciadas.

–¡QUÉ MARAVILLA!

—Bueno, no todo es tan bonito —contestó Lecturicia—. El templo fue protegido con numerosas trampas para evitar los robos.

—¡Las trampas son nuestra especialidad! —exclamó Vakypandy—. Sobre todo para Trotuman, el número uno en videojuegos de aventura.

—Estamos en deuda con vosotros —dijo Willy—. Os acompañaremos y os ayudaremos a conseguir ese rascador.

—Será mejor que comamos algo y descansemos —sugirió Vegetta—. Saldremos mañana con las primeras luces del día.

–¡SOIS LOS MEJORES!

—exclamó Manazas.

El dinosaurio saltó de alegría e hizo que varios libros cayesen de sus estanterías. A pesar del gesto serio de la bibliotecaria, no regañó al dinosaurio por no respetar el silencio de la biblioteca. Gracias a ellos, el *Libro de códigos* había vuelto a su sitio y ella volvía a ser su guardiana. Además, ¿cómo podía alguien enfadarse con un dinosaurio enamorado?

EL TEMPLO
DE LOS TESOROS

Una vez recuperados del susto, los vecinos de Pueblo
acogieron de buena gana a los visitantes. Manazas y
Gigantón pasaron la noche en el pajar de **PANTRICIA**.
Era un lugar amplio, acogedor y cálido. Mucho más
que la lonja, un espacio frío y húmedo donde los dos
dinosaurios habrían terminado apestando a pescado.
La tercera opción hubiese sido la Gran Biblioteca, pero
no quisieron abusar de la buena voluntad de Lecturicia.
Además, en el pajar contaban con montañas de paja
donde poder recostarse.

* * * * *

A la mañana siguiente, Pantricia les sirvió un desayuno de campeonato. Les llevó un cesto con hogazas de pan recién horneadas, un generoso bloque de mantequilla y varios tipos de mermelada. También les acercó un par de cajas de fruta y un bidón de leche recién ordeñada. Quería que se sintieran como en casa.

—¡Buenos días! —saludó a los dinosaurios— ¡EL DESAYUNO ESTÁ LISTO! Espero no haberme quedado corta.

Hacía un buen rato que Manazas y Gigantón estaban despiertos. El velociraptor había despertado a su amigo cuando aún era de noche para que se ejercitarse. ¡No podía descuidar su preparación para las Dinolimpiadas!

—Muchas gracias, Pantricia —dijo Manazas—. Es todo un detalle por tu parte.

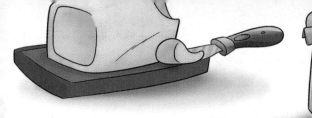

—Es un desayuno... **¡PISTONUDO!**
—exclamó Gigantón, acariciándose el vientre—.
Es una lástima que Manazas tenga que
conservar la línea. Pero no te preocupes, yo
me encargaré de que no sobre ni una miga.

Y así fue. Los dos dinosaurios devoraron la
comida y, cuando estuvieron listos, fueron
en busca de Willy y Vegetta. También ellos
tenían todo dispuesto para la aventura.
Habían preparado sus mochilas y el
armamento para lo que pudiera pasar.
Adentrarse en un templo antiguo plagado
de trampas podía depararles cualquier cosa.
Por eso, no podían faltar el arco, el bumerán
ni el TNT.

* * * * *

Pusieron rumbo al norte, tal y como les había indicado Lecturicia. Siguieron un camino de tierra, rodeado de árboles y flores de muchos colores. Aquello solo duró la primera media hora del trayecto. Cuando llegaron a un cruce, tomaron el desvío de la izquierda. Fue entonces cuando el paisaje cambió drásticamente. El camino se estrechó y las plantas que había a su alrededor parecían crecer a cada segundo que pasaba. No tardaron en verse rodeados de grandes helechos y árboles gigantescos que se elevaban hasta el cielo con sus copas.

—Teníamos que haber traído un par de machetes —dijo Willy, que apartaba las hojas con las manos.

—Tampoco es para tanto —contestó Manazas desde las alturas—. **Son unas ramitas de nada.**

Trotuman, que caminaba junto a Vakypandy, gruñó.

—Este es un gracioso... **¿Le das tú o le doy yo?**

Vakypandy se encogió de hombros. Tenía la boca llena de hojas y ramas de todo tipo. En vez de apartarlas de su camino, iba comiéndoselas.

La espesa vegetación apenas dejaba pasar el sol, por lo que el paisaje se volvió cada vez más oscuro. Tampoco eran muy tranquilizadores los siseos de las serpientes, los ruidos de los insectos escondidos o el chillido de algún mono enloquecido.

—Por lo menos no hay leones... —murmuró Vakypandy. Iba con los ojos bien abiertos por si acaso.

—¡No me puedo creer que tengáis miedo! —exclamó Gigantón.

—¡Qué va! ¡Qué va! —respondieron los amigos y sus mascotas—. Estamos acostumbrados a este tipo de...

—**¡Creo que he visto algo!**
—dijo de pronto Manazas desde las alturas—.

¡Sí! ¡Podría ser
EL TEMPLO!

Al tiempo que gritaba, el tiranosaurio dio varios saltos de alegría. El temblor que provocó hizo que los pájaros y los reptiles de la zona huyesen despavoridos.

A pocos metros de distancia se levantaba una antigua edificación, o lo que quedaba de ella. No era fácil verla, pues con los años la vegetación había ido cubriéndola. A duras penas conservaba su forma rectangular. De las cuatro grandes columnas que en su día había a la entrada, una había caído. También faltaban algunas partes del edificio y había paredes agujereadas, como si un grupo de piratas lo hubiese bombardeado a cañonazos.

—¿Estáis seguros de que ahí queda algún tesoro?
—preguntó Vakypandy.

—No lo sabremos hasta que estemos dentro
—respondió Willy.

La entrada principal al templo era amplia, pero estaba sembrada de piedras y vigas caídas. Manazas apartó unas cuantas con la misma facilidad que si retirase mondadientes, para que el grupo pudiese entrar. Accedieron a un espacio que en su día debió de ser grandioso. Dos filas de columnas agrietadas daban paso a una galería principal. Varias telarañas de enormes proporciones adornaban el lugar. Vakypandy y Trotuman se miraron, preguntándose qué tamaño tendrían las arañas que las habían tejido.

—**¡ES ENORME!** —dijo Vegetta, adentrándose unos pasos.

—**Debemos andar con pies de plomo** —advirtió
Willy—. Puede que el templo esté en mal estado, pero
eso no significa que las trampas no funcionen.

Caminaron con cuidado atravesando la antesala de la
entrada. La pared de la derecha presentaba una buena
colección de dardos clavados en ella. Sin duda, alguien
había pasado por allí tiempo atrás.

Avanzaron por la galería central, mirando a un lado y a
otro. Todos los espacios donde antaño debían exponerse
los tesoros estaban completamente vacíos. De vez
en cuando se topaban con vasijas de cerámica rotas
o alguna espada oxidada. Pero no había ni rastro del
rascador de oro. Ni de trampas.

—**Esto está completamente abandonado** —dijo
Trotuman, dando una patada a una piedra.

La piedra rompió una de las telas de araña que había
entre dos columnas. Casi al instante, una araña del
tamaño del caparazón de Trotuman se descolgó del
techo hasta la altura donde se encontraba Manazas.
Había permanecido escondida, a la espera de que
apareciese una presa. Cuando Manazas se dio cuenta de
que la tenía sobre su cabeza, dio un grito descomunal.

–¡SOCORRO!
¡QUE ALGUIEN ME AYUDE!

—exclamó, sacudiendo la cabeza.

Comenzó a correr de un lado a otro,
meneando la cola. Intentó quitársela a
manotazos, pero tenía unos brazos tan cortos
que le fue imposible. El tiranosaurio estaba
fuera de sí y, de pronto, terminó estampado
contra una pared. Las piedras
cayeron y se levantó una buena
polvareda.

—Pero bueno, **¿se puede saber qué te pasa?** —preguntó Gigantón.

—**Había... Había una ARAÑA** —respondió Manazas con voz temblorosa.

—¿Una araña? ¿Has montado este numerito por una araña? —le echó en cara Gigantón.

—**¡Tú no la has visto! ¡ERA ENORME!**

Mientras los dos dinosaurios discutían, Willy y Vegetta se acercaron a la pared derribada. Cuando el polvo se dispersó, vieron un pasadizo secreto que daba a unas escaleras.

—¡Vaya! Gracias a esa araña parece que tenemos un nuevo lugar para explorar —dijo Willy.

—Avancemos con cuidado —advirtió Vegetta, sacando una linterna de su mochila.

Apenas habían descendido un tramo de escalones, cuando se escuchó un «clic».

—**¿Qué ha sido eso?** —preguntó Willy.

—Me parece que he pisado algo —reconoció Manazas, que iba el último—. Voy a ver qué es...

—**¡NO!** —gritaron Willy y Vegetta.

Su advertencia llegó tarde. En cuanto el dinosaurio levantó el pie de la losa, los escalones se inclinaron transformándose en una rampa lisa. Como si de un tobogán se tratara, todos resbalaron uno a uno por él.

Fueron a parar a un suelo de piedra. La linterna de Vegetta quedó iluminando una estatua de seis brazos, cada uno señalando en una dirección.

—**¡ALLÁ VOOOY!** —avisó Manazas justo antes de aparecer rodando por el agujero.

El cuerpo del dinosaurio impactó contra los amigos y, como si fuesen bolos, salieron disparados cada uno a un rincón. Él se quedó cara a cara con la estatua. Al ver que uno de los brazos apuntaba en su dirección, Manazas se apoyó en aquel trozo de piedra para incorporarse, pero su peso hizo que se partiese.

—**OH, OH...**

Una lanza salió propulsada de uno de los extremos. Pasó a escasos centímetros de Gigantón, que se quedó paralizado por el susto.

—**HA ESTADO CERCA** —murmuró Trotuman.

—Demasiado cerca —reconoció Gigantón, temblando del miedo—. Será mejor que no toques nada más, Manazas.

Willy y Vegetta estudiaron la estatua. No tardaron en encontrar un mecanismo que, al moverse, hacía que una lanza saliese disparada desde la pared. Por lo que pudieron comprobar, al menos había una veintena de agujeros con lanzas en su interior.

—**Salgamos de aquí CON MUCHO CUIDADO** —advirtió Willy.

La sala presentaba tres salidas. Escogieron una de ellas al azar. Continuaron por un pasillo, atentos para no activar más trampas. Estaba claro que nadie había pasado por allí en mucho tiempo, lo que aumentaba sus posibilidades de hallar el rascador.

Encontraron la entrada a dos habitaciones. Prefirieron no entrar para no activar más trampas. Además, la luz de la linterna de Vegetta descubrió armaduras, cálices de oro y otras muchas joyas, pero ningún rascador.

Después de un buen rato merodeando, dieron con la habitación que buscaban. Tenía forma circular y, tal y como vieron en el dibujo del libro de Lecturicia, justo en el centro destacaba un altar.

EL RASCADOR DE ORO Y PIEDRAS PRECIOSAS ESTABA ALLÍ,

sobre un pequeño pedestal. Se acercaron de puntillas, temiendo activar algún resorte o cortar algún cable, pero nada de eso sucedió.

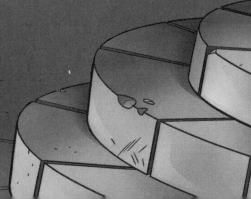

Fue Willy quien, **con mucho cuidado**,
cogió el rascador.

Se disponía a guardarlo en su mochila, cuando vieron
cómo el pedestal sobre el que había reposado el
rascador desaparecía en el interior del altar.

—**Eso no tiene buena pinta** —dijo Trotuman.

—**¡CUIDADO!** —gritó Vegetta.

Del techo de la habitación salieron numerosos pinchos y este se desprendió a gran velocidad. Fue la rápida reacción de Vakypandy la que los salvó. Al ver que se les venía el techo encima, la mascota empleó su magia para crear un campo de energía que los protegió.

—**¡PISTONUDO!** —exclamó Gigantón—. **¡Haces magia!**

—No podías haber estado más rápida, amiga mía —la felicitó Vegetta.

También los demás agradecieron la reacción de la mascota. Pero los problemas del grupo no habían terminado ahí. El suelo comenzó a vibrar bajo sus pies.

—¿Qué has tocado esta vez, Manazas? —preguntó Gigantón.

—Nada. Te lo aseguro.

Del techo comenzó a caer polvo y algunos escombros. El templo se estaba viniendo abajo.

—¡TENEMOS QUE SALIR PITANDO DE AQUÍ!

—exclamó Vegetta.

Todos echaron a correr. Abandonaron la habitación para adentrarse en el pasillo. También allí el techo se estaba resquebrajando, así que avanzaban más pendientes de que no les cayese una piedra en la cabeza que de las trampas que les pudiesen rodear. Vakypandy, gracias a su magia, desvió varios dardos y lanzas que llevaban muy malas intenciones.

También fue la propia mascota quien los ayudó a subir por la rampa que daba a la galería principal. Tuvo que hacer un esfuerzo extraordinario para tirar de Manazas.

—**¡Menos mal que estás a régimen!** —exclamó Vakypandy, agotada por el esfuerzo.

Por fin vieron la luz al final de la galería. Estaban a pocos metros de la salida y corrieron hacia allí sin mirar atrás.

A los pocos segundos de abandonar el templo, la entrada se desplomó. Un montón de piedras y polvo taponó el acceso, sería imposible que nuevos aventureros pudiesen saquear los muchos tesoros que aún quedaban dentro.

—Me da en la nariz que el rascador es el último tesoro que va a salir de ahí en mucho tiempo —comentó Vegetta.

—**Esta vez sí que ha estado cerca** —dijo Willy, recuperando el aliento—. **Un poco más Y NO LO CONTAMOS.**

—Ya lo creo. De no ser por Vakypandy...

¡Ha estado pistonuda! —exclamó Gigantón.

—¡Sí! Muchas gracias, de verdad —reconoció Manazas—.
Ahora podré llevar el mejor regalo a mi querida Preciosa.
Espera... ¿Quién tiene el rascador? **¡No me digáis
que se ha quedado dentro!**

Los amigos pusieron cara de horror.

¿ACASO ERA POSIBLE QUE NADIE SE HUBIESE PREOCUPADO DE COGER EL TESORO?

Trotuman se acercó a ellos con pose triunfal. Levantó un objeto alargado y dorado, y lo hizo girar con sus manos.

—Si es que... **¡Qué haríais sin mí!**

Se lo tendió a Manazas. Este lo cogió como si fuese el tesoro más importante del planeta. Y en verdad así era para él.

—Gracias —dijo el tiranosaurio—. **Gracias, gracias y más gracias.**

—**Formáis un gran equipo** —aseguró Gigantón—.
Habéis demostrado ser unos exploradores de primera.

—No es para tanto —dijo Vegetta—. Sin vuestra ayuda,
esto no habría sido posible. De no ser por Manazas,
nunca habríamos descubierto la entrada secreta...

—Claro, claro —interrumpió Trotuman—. Pero, ¿qué os
parece si comentamos la jugada con una buena pizza?
¡Me muero de hambre!

A todos les pareció una idea brillante. Estaban de buen
humor y había motivos para la celebración. Hasta
Manazas se apuntaría a una generosa ración de pizza de
Bru-Hut, el famoso restaurante de las brujas. Y con ese
ánimo, pusieron rumbo de regreso a Pueblo.

* * * * *

EL CAPITAN AHÁ

Una vez conseguido el rascador de oro y con el *Libro de códigos* a salvo en la Gran Biblioteca de Pueblo, Manazas y Gigantón debían regresar a Isla de Huesos. Las Dinolimpiadas estaban a punto de empezar y Manazas no podía faltar a la cita. Pero no era el gran evento lo que les preocupaba. Desde que Willy y Vegetta lo mencionaran, temían la posibilidad de que aquella criatura malvada pusiese en peligro la armonía en la que vivían los dinosaurios.

—Ya sabéis que por nuestra parte estamos dispuestos a viajar a vuestra isla —aseguró Willy—. No nos marcharemos hasta estar seguros de que la criatura verde no está allí.

—**¿HARÍAIS ESO POR NOSOTROS?** —preguntó Manazas.

—¡**No lo dudes ni un segundo!** —aseguró Vegetta—. ¿Qué sería de nosotros sin nuevas aventuras?

—Pues, estupendo —dijo Gigantón—. Además, ya que venís, podréis quedaros a presenciar las Dinolimpiadas. Seréis nuestros invitados de honor.

—¿Y viajaremos en barco? —preguntó Vakypandy.

—Me temo que no hay otra forma de llegar hasta Capital Huesitos.

—¡Será **GENIAL!** —exclamó la mascota—. ¿No te parece, Trotuman?

Trotuman la miró receloso. Estaba anocheciendo y aún no habían llegado a Pueblo.

—Sí, genial... Pero cenaremos esa pizza que me habíais prometido, ¿no?

Willy se acercó a su mascota y le acarició la cabeza.

—Creo que nuestros amigos se sentirán más tranquilos si zarpamos esta misma noche.

—El cielo despejado facilitará la navegación —reconoció Gigantón—. Desde luego, ganaríamos bastante tiempo.

—Pero eso no significa

que no podamos cenar PIZZA

—dijo a continuación Willy—.

¿Qué os parece si hacemos un pedido a domicilio?
Seguro que las brujas no tienen ningún inconveniente en acercarnos unas cuantas pizzas al puerto.
¡Sus escobas les permiten llegar a cualquier lugar!

—**¡Es una idea *pistonuda!*** —exclamó Trotuman, imitando el modo de hablar de Gigantón.

* * * * *

Al llegar a Pueblo, Manazas y Gigantón se marcharon directamente al puerto. Willy y Vegetta pasaron un momento por casa y cogieron todo lo necesario para el viaje. Mientras, Trotuman se encargó de hacer el pedido a Bru-Hut. Dejó bien claro a las brujas que debía ser él quien recibiese el pedido y no los dinosaurios.

—**Seguro que Manazas es capaz de dejarnos sin pizza** —murmuró receloso.

* * * * *

Cuando llegaron al puerto, el barco les pareció imponente. Era un enorme navío con capacidad para más de veinte dinosaurios. En ausencia de sus propietarios, los marineros de Pueblo habían aprovechado para limpiarlo y dejarlo listo para partir.

—Han dejado los huesos relucientes —dijo Willy.

—**¡No son huesos, hombre!** —exclamó Gigantón—. **¡Ni que fuésemos MONSTRUOS!**

BARCO COSTILLA está construido con maderos tallados con forma de hueso y pintados para que tengan esa apariencia.

—¿Por qué no hicisteis un barco normal y corriente? —preguntó Vakypandy.

—Es un mecanismo de defensa —contestó Gigantón—. Nunca sabes con quién te puedes encontrar en altamar.

—**¡Qué ingenioso!**

Dos brujas se acercaron en sus escobas hasta *Barco Costilla* y dejaron un generoso pedido de pizzas y refrescos. Trotuman se había asegurado de que no les faltase comida para todo el viaje.

—Bien, basta de cháchara —interrumpió Gigantón—.
Debemos partir. **HASTA LA VISTA, PUEBLO.
¡ISLA DE HUESOS NOS ESPERA!**

Los amigos se asomaron por la borda para despedirse.
El barco soltó amarras y comenzó a moverse
lentamente. A pesar de la hora tardía, hasta el puerto
se habían acercado los vecinos de Pueblo para desear
un buen viaje a sus amigos aventureros. Allí estaban
Pantricia, Herruardo y Peluardo, diciendo adiós con las
manos. También se acercó Lecturicia, que aprovechó
para felicitarlos por su éxito en el Templo de los
Tesoros. Tabernardo llegó por los pelos, pero con tiempo
suficiente para desearles suerte.

Cuando se hubieron alejado del puerto, Trotuman repartió las pizzas entre todos y disfrutaron de la merecida celebración. Ya en alta mar y con sus estómagos contentos, Trotuman y Vakypandy aprovecharon para tumbarse en la cubierta de proa para ver el cielo estrellado. El mar estaba tranquilo y podían relajarse. Tenían un largo viaje por delante hasta llegar a Isla de Huesos.

En el otro extremo de la embarcación, Willy y Vegetta charlaban animadamente con los dinosaurios.

—**Ha sido un día muy largo** —dijo Vegetta al cabo de un rato—. Deberíamos aprovechar para descansar ahora que podemos.

—Tienes razón —asintió Willy.

—Me parece una buena idea. Id a dormir un poco. Yo me quedaré en el timón. Si no pasa nada raro, tendremos una travesía tranquila —comentó Gigantón.

—Bueno... —interrumpió Manazas—. Podríamos **meternos de lleno en una tempestad, o podría atacarnos una legión de piratas o podríamos toparnos con un tiburón gigante, o con...**

—**¿TE QUIERES CALLAR, MANAZAS?** —le riñó Gigantón—. Se trata de que nuestros amigos tengan felices sueños, no pesadillas.

—Descuida —dijo Vegetta—. Pero si avistáis algo extraño, despertadnos. ¡No nos perderíamos una aventura por nada del mundo!

Fue una noche tranquila, únicamente alterada por los ronquidos de Vakypandy y Trotuman. A la mañana siguiente, el día los recibió con un cielo despejado y buena visibilidad. Como no había enemigos a la vista, los amigos se dedicaron a aprender todo cuanto pudieron acerca del mundo de la navegación. Gigantón les enseñó a hacer nudos marineros, les mostró cartas de navegación y les dejó llevar el timón. Fue así como descubrieron que *Barco Costilla* prácticamente navegaba solo, gracias a la ayuda del viento.

* * * * *

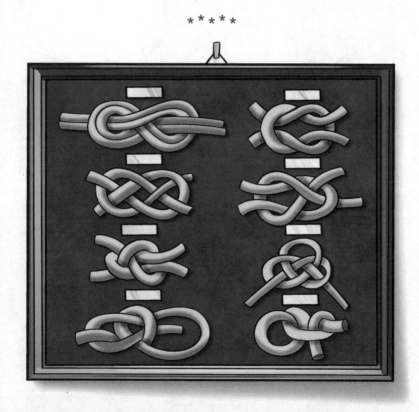

El segundo día de viaje, Vakypandy detectó unos nubarrones negros a través del catalejo. Al principio, pensó que la lente estaba sucia. El día había amanecido tan soleado como el anterior, y no podía ni imaginarse que aquellas nubes fuesen reales. Pero lo eran.

En muy poco tiempo, los nubarrones se extendieron y oscurecieron el cielo. El viento sopló con fuerza y las olas se levantaron, haciendo que el barco se moviese con brusquedad. Entonces una espesa niebla surgió de la nada y lo cubrió todo.

—¿Qué sucede? ¿Se avecina temporal? —preguntó Trotuman, incapaz de ver lo que sucedía a un metro de distancia.

—No debería —contestó Manazas, desde algún lugar del barco—. No es normal que el tiempo cambie tan rápido.

—Y mucho menos de una forma tan radical —dijo Gigantón—. Debemos permanecer con los ojos bien abiertos.

—Eso será un decir, porque yo no veo ni torta —dijo Vakypandy.

Como si fuese atraído por fuerzas extrañas, *Barco Costilla* cambió de rumbo. No importó que Manazas estuviese al timón. Su fuerza no fue suficiente para mantener firme el navío.

—**Esto es muy raro**, chicos —dijo Gigantón—. Será mejor que vayáis a los camarotes. Allí estaréis más seguros.

—**De eso nada** —negó Willy—. **De aquí no nos movemos.**

—Además, puede que necesitéis nuestra ayuda —dijo Vegetta.

Los dinosaurios agradecieron el gesto.

El barco continuó a la deriva hasta que se vio frenado por un inmenso banco de algas. De entre la niebla vieron surgir una gran sombra. Poco a poco, esta cobró la forma de un barco. Cuando estuvo lo suficientemente cerca, Willy y Vegetta se quedaron boquiabiertos. Ante ellos se alzaba un gigantesco barco de huesos, idéntico a aquel en el que viajaban. Sin embargo, los huesos del recién aparecido sí parecían huesos de verdad. Tenía grandes velas, raídas y llenas de agujeros. Y en lo más alto ondeaba la bandera pirata.

El navío misterioso se acercó por estribor. En su puente de mando se alzaba la figura de un capitán de aspecto fiero. Era gordo como un tonel, pero vestía con elegancia. Su rostro daba miedo con solo mirarlo. Tenía una espesa barba negra y un parche cubría su ojo derecho. Al sonreír, le brilló un diente de oro.

— ¡AH DEL BARCO! —gritó—.

Soy el capitán Ahá, temido pirata que navega por estas aguas.

—¿Qué es lo que quieres, pirata? —preguntó Gigantón.

—Veo que navegáis en un barco de huesos —dijo el pirata—. **¡En mala hora habéis tomado esa decisión! ¡Yo fui el primero en fabricar un BARCO ASÍ!**

—¿Y qué nos importa eso? Un barco es un barco. Ya te adelanto que, si buscas tesoros, no encontrarás ninguno aquí —mintió Manazas, sujetando con fuerza la mochila en la que llevaba el rascador—. **Y si pretendes abordarnos...**

¡LUCHAREMOS!

—**¡BIEN DICHO!** —asintieron Willy y Vegetta.

—¡**Nada de eso!** —replicó el capitán Ahá—. Abordar barcos en busca de tesoros está pasado de moda. **¡Soy viejo,** **pero conozco bien lo que se lleva!**

Todos se quedaron atónitos.

—Entonces, ¿qué es lo que quieres? —preguntó Vegetta.

—Siento informaros de que los barcos de huesos son una marca registrada de la **COMPAÑÍA PIRATA AHÁ** —dijo el pirata—. **No está permitida su reproducción total o parcial.** Por lo tanto, el vuestro incumple claramente las leyes. Tendréis que entregármelo o pagar la licencia correspondiente.

—**¿Cómo dices?** —preguntó Willy—. **¿He oído bien?** ¿De verdad nos estás pidiendo dinero por usar este barco?

—Es la ley —dijo el capitán Ahá, encogiéndose de hombros—. Pagad o sufrid la ira de mis abogados.

—Para que lo sepas —dijo Manazas—, *Barco Costilla* no está hecho de huesos. Es madera tallada. Pensábamos que serviría para librarnos de gente como tú, pero parece que no hemos tenido éxito.

—Las leyes están para cumplirlas, incluso en altamar —explicó el pirata—. **¡Ahora, pagad lo que debéis!**

—¿Estás seguro de que no es una **broma de cámara oculta?** —murmuró Willy—. ¿Y si es verdad que hay que pagarle?

—**¡Ni hablar!** —se negó Gigantón—. ¿Cómo sabemos que no es un timo? **¡Esto es ridículo!**

—Pero la ley... —dijo Vegetta.

—**¡HE DICHO QUE NO!** —rugió Gigantón, sacando sus dientes.

El agua se agitó tras el chillido del dinosaurio, pero no tuvo nada que ver con eso. Grandes burbujas comenzaron a estallar en la superficie, algo que notaron Trotuman y Vakypandy. O mucho se equivocaban o había algo bajo aquella masa de algas. Y por el tamaño de las burbujas, debía de ser algo grande.

De pronto, surgió un grueso tentáculo entre los dos barcos. Era de color morado, con pegajosas ventosas blancas. Luego apareció un segundo, un tercero y hasta un cuarto tentáculo. Trotuman y Vakypandy observaron, tan asombrados como divertidos, cómo los tentáculos envolvían el barco del capitán Ahá y lo elevaban varios metros por encima del agua.

Fue entonces cuando apareció la inmensa cabeza de un kraken.

—PENSABA QUE TENÍAMOS UN TRATO, capitán Ahá —dijo el kraken. Su voz retumbó, como si viniera de las profundidades—. ¿Qué haces molestando a estos marineros?

—Esto... **Ho-ho-la**, **a-amigo** —tartamudeó el pirata—. No tenías que haberte molestado en venir. Estábamos a punto de irnos...

El kraken miró el barco de los dinosaurios y les preguntó:

—¿OS ESTABA MOLESTANDO ESTE MATÓN DE MEDIO PELO?

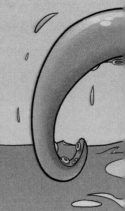

—Nos ha hablado de pagarle una licencia, o algo así —explicó Willy—. Y nos ha amenazado con sus abogados.

—**Así que una licencia, ¿EH?** —dijo el kraken, haciendo crujir el barco con sus tentáculos—. ¿Cuántas veces te he dicho que no puedes inventarte las leyes? Por mucho tiempo que lleves navegando por estas aguas, eso no te da derecho a hacer y deshacer a tu gusto.

—Pero el barco de huesos...

—dijo el pirata.

—Hoy es el barco de huesos. Hace un mes fueron las velas agujereadas y hace no tanto querías cobrar una licencia porque decías haber inventado la bandera pirata

—le respondió el kraken—. **¡Ya es suficiente!** Como te vuelva a pillar en una de estas, no seré tan amable contigo.

El kraken lanzó el barco como si tirase un balón de rugby, lejos, muy lejos.

—No hay por qué ponerse así, **AMIGOOOOO**...
—gritó el pirata mientras se perdía en la distancia.

El barco del capitán Ahá pareció llevarse consigo la niebla. Acto seguido, el cielo comenzó a clarear y el sol apareció entre las nubes.

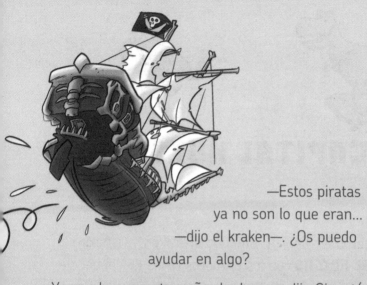

—Estos piratas
ya no son lo que eran...
—dijo el kraken—. ¿Os puedo
ayudar en algo?

—Ya que lo pregunta, señor kraken... —dijo Gigantón.

—No me llames «kraken», con minúscula —dijo el
monstruo marino—. Llámame **«KRAKEN»**, con
mayúscula. Es un nombre propio.

—Disculpe, señor Kraken —rectificó Gigantón—. El capitán
Ahá nos hizo perder el rumbo. Viajamos hacia Isla
de Huesos. ¿Sería posible que nos guiara hacia allí?

—¡Por supuesto! —contestó el kraken, orientando
Barco Costilla en la dirección correcta—. Si seguís
hacia el noreste llegaréis al archipiélago. Y si os doy
un empujoncito, puede que lleguéis con las primeras
luces del día de mañana.

El grupo agradeció al kraken su ayuda y pusieron rumbo
a Isla de Huesos. **¡No había tiempo que perder!**

CAPITAL HUESITOS

Tal y como les había prometido el kraken, avistaron **ISLA DE HUESOS** con los primeros rayos de sol del día siguiente. Willy y Vegetta contemplaron maravillados aquel amanecer. Desde la distancia podían ver la isla principal con sus montañas verdes. A su alrededor había otros islotes de menor tamaño que conformaban el archipiélago. Según les explicó Gigantón, al otro lado de la isla se hallaba el volcán del **CUERNO DE FUEGO**. Allí estaba la vieja fábrica de zumo de tomate, pero, por lo demás, era un lugar frío y rocoso que los dinosaurios preferían evitar.

Cuando *Barco Costilla* atracó en el puerto, Willy y Vegetta descendieron y pusieron pie en tierra firme. En sus aventuras habían visitado lugares de otras dimensiones, habían visto paisajes submarinos y ciudades subterráneas habitadas por gusanos parlanchines. Pero nada se podía comparar con Capital Huesitos.

Gigantón saludó a una pareja de gliptodontes. Eran grandes y redondos, con un caparazón oscuro muy similar al que visten los armadillos. Llevaban dos carretillas repletas de pescado. Manazas no los vio venir y se dio de bruces con ellos.

—¡A VER SI MIRAMOS DÓNDE PISAMOS, MANAZAS!

—Perdón, perdón.

Los dinosaurios encabezaron la marcha, seguidos por los amigos. Dejaron atrás el embarcadero para adentrarse en la ciudad. Lejos de ser el típico espacio ordenado, Willy y Vegetta comprobaron que Capital Huesitos se caracterizaba por el caos. Pero era un desorden donde todos vivían felices.

Por supuesto, las calles eran anchas como avenidas, para que pudiesen pasear desde los dinosaurios de mayor tamaño como los braquiosaurios y los diplodocus, hasta los más pequeños como los compsognátidos, a los que todos conocían como *compis*.

Algo parecido sucedía con las viviendas. Habían sido construidas con enormes piedras y para los tejados habían usado hojas de palmera. No había una sola casa igual.

Otra cosa que caracterizaba a Capital Huesitos era la vegetación. Los edificios estaban muy separados entre sí y, entre medias, había gran variedad de árboles y plantas. De su cuidado se encargaban todos los dinosaurios herbívoros. No necesitaban podar las ramas o recoger los frutos. Directamente se los comían.

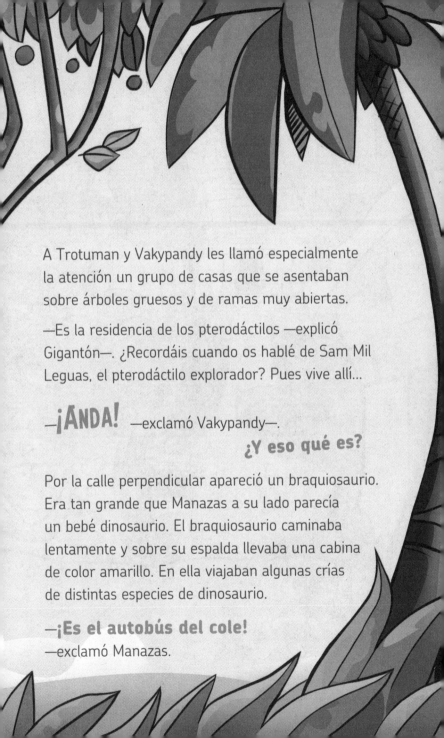

A Trotuman y Vakypandy les llamó especialmente la atención un grupo de casas que se asentaban sobre árboles gruesos y de ramas muy abiertas.

—Es la residencia de los pterodáctilos —explicó Gigantón—. ¿Recordáis cuando os hablé de Sam Mil Leguas, el pterodáctilo explorador? Pues vive allí...

—¡ANDA! —exclamó Vakypandy—. ¿Y eso qué es?

Por la calle perpendicular apareció un braquiosaurio. Era tan grande que Manazas a su lado parecía un bebé dinosaurio. El braquiosaurio caminaba lentamente y sobre su espalda llevaba una cabina de color amarillo. En ella viajaban algunas crías de distintas especies de dinosaurio.

—¡Es el autobús del cole! —exclamó Manazas.

Aquello asombró a las dos mascotas, pero alucinaron aún más cuando pasaron junto a los jardines de la escuela. Los pequeños dinosaurios se divertían deslizándose por los cuellos de los diplodocus como si fuesen toboganes. Al mismo tiempo, los gigantes movían la cola para que otros saltasen a la comba.

Un grupo de velociraptores jóvenes patinaban sobre toscas tablas de madera en un parque habilitado para ello. El *skate* se había hecho muy popular entre los jóvenes de Capital Huesitos y no era raro ver a dinosaurios adultos yendo a trabajar sobre su tabla o a padres animando a sus hijos a practicar ese deporte.

—Aquel edificio de allí es el Dinoestadio
—explicó Gigantón, señalando una construcción
tan grande como diez estadios de fútbol—.
Como ya os habréis imaginado,
allí se celebrarán las Dinolimpiadas.

Llegaron a una plaza. En el centro, un dinosaurio de pico de pato daba las últimas noticias de interés para los vecinos de Capital Huesitos. Willy y Vegetta temieron escuchar algo relacionado con la misteriosa criatura verde, pero no fue así. Únicamente habló sobre una desaparición. No pudieron oír mucho más porque un grupo de músicos callejeros comenzó a tocar en un extremo de la plaza. Uno de ellos rascaba la aleta dorsal del espinosaurio encargado de la batería. Trotuman se quedó hipnotizado mirando cómo tocaba la guitarrista del grupo. Era una dinosauria de color rosa, tan pequeña como él y con unos preciosos ojos marrones.

—Ya estamos llegando a la casa donde vive **PRECIOSA** —informó Gigantón.

Trotuman siguió adelante. No podía quitarse de la mente la imagen de aquella dinosauria y estuvo a punto de estamparse contra un puesto de cocos y piñas. Su dueño tenía cara de malas pulgas.

—Te apuesto una cena en Bru-Hut a que, si te vas sin pagar de ahí, el dueño te lanza dos o tres cocos a la cabeza —susurró Vakypandy.

Trotuman le rio la gracia, pero decidió no probar... por si acaso.

—Pareces nervioso —dijo Gigantón, que caminaba junto a Manazas.

—¡No, no! —aseguró el tiranosaurio, con las garras temblorosas—. Es un pequeño tic.

—¿Seguro? —dijo su amigo, esbozando una sonrisa pícara.

—Bueno, un poco... —reconoció Manazas.

—Estate tranquilo —le recomendó Willy—. Seguro que le encanta el rascador.

—Sí —aseguró Vegetta—. ¡Y no olvides contarle cómo lo conseguiste!

—Espero que tengáis razón —dijo Manazas, sin estar muy confiado.

La casa ocupaba un lugar preferente en la avenida.
Era grande y elegante. En la parte delantera tenía uno
de los jardines mejor cuidados de todo Capital Huesitos.

—Cualquiera diría que aquí vive uno de los peces gordos
de la ciudad —murmuró Trotuman.

Sin embargo, no llegaron a entrar en la parcela.
Había una pequeña multitud reunida frente al jardín.
Todos hablaban y gesticulaban. Se los veía
muy agitados.

—¿Qué sucede?

—Hola, Manazas —lo saludó un triceratops—. Ya has regresado de tu viaje...

—Así es. Y lo primero es hacer una visita a Preciosa. Ya sabes...

Manazas le guiñó un ojo.

—Veo que aún no te has enterado.

—¿Qué quieres decir? —preguntó Manazas, algo preocupado.

—Verás... **Preciosa ha desaparecido** —informó el triceratops.

—¡¿QUÉ?!

Todos los allí presentes agacharon la cabeza, temiendo enfrentarse a la ira de un tiranosaurio como Manazas.

—Debió de suceder ayer por la mañana —explicó un estegosaurio uniformado y con una visera. Llevaba una tabla para tomar apuntes. Willy y Vegetta dedujeron que se trataba de un policía o como quiera que los llamasen en Capital Huesitos—. Por la nota que hemos encontrado, sospechamos que se trata de un secuestro.

—¿Qué decía? —preguntó Vegetta, después de presentarse como un amigo de Manazas.

—Era un mensaje claro y sencillo —informó el estegosaurio—. Decía así: «**Devolvedme el *Libro de códigos* o no volveréis a verla**».

—¿Podemos ver esa nota? —pidió Willy—. A veces los secuestradores dejan alguna pista y...

—Me temo que no. El **REY** se quedó con ella.

Willy y Vegetta asintieron, resignados. Solo había un ser capaz de ir tras el *Libro de códigos* y ellos sabían perfectamente quién era.

—¿Qué opina el Rey? —preguntó Gigantón, acercándose al triceratops.

—Como te puedes imaginar, está desolado por la desaparición de su hija —contestó—. Ha organizado un vuelo de reconocimiento con los pterodáctilos.

—Perdona, ¿has dicho... su hija? —preguntó Willy.

—Así es. Preciosa es la hija de nuestro Rey.

Manazas dirigió una mirada triste en dirección a la casa. Había ido con toda la ilusión del mundo a visitar a Preciosa y se había encontrado con la fatal noticia. Aun así, no perdió el ánimo.

—Iré a hablar con él y le ofreceré mi ayuda —dijo Manazas.

El tiranosaurio se abrió paso entre el gentío y el resto del grupo le siguió. Todos miraban con lástima a Manazas. No era ningún secreto que estaba enamorado de Preciosa y la noticia de su desaparición le habría afectado mucho.

Al entrar en la casa, encontraron al Rey recostado en un sillón del salón. Era un tiranosaurio de cabeza cuadrada y piel verdosa. Una cicatriz recorría su cuello de lado a lado. Tenía la mirada perdida en una tabla que sujetaba con sus garras. Aún no podía creerse que algo así hubiese sucedido en Capital Huesitos.

—Siento molestarle... —dijo Manazas desde la entrada—.
Me acabo de enterar de la noticia.

—¡Pero si has vuelto! —contestó el Rey, levantando
la mirada de la carta. Entonces se fijó en los rostros
desconocidos que había en la entrada de su casa—.
¿Quiénes son estos?

Manazas hizo las presentaciones. Después explicó al Rey que Willy y Vegetta intuían quién podía estar detrás del secuestro de Preciosa.

—Estoy seguro de que podrían ayudarnos a encontrarla —explicó.

—**No os lo toméis a mal**, chicos, pero no creo que un **dinosaurio con fama de torpe** como Manazas y **un grupo de turistas** vayan a tener más éxito que un escuadrón de pterodáctilos.

Trotuman fue a protestar, pero Willy le tapó la boca.

—Sabemos muy bien cómo se encuentra —dijo Willy—.
Y estaremos encantados de ayudar en todo cuanto
podamos.

—**Dudo mucho que sepáis cómo me siento**
en estos instantes —contestó el Rey de manera
brusca—. Mi hija Preciosa es todo cuanto tengo.

—Como ha dicho mi amigo Willy, si hay algo que
podamos hacer... —añadió Vegetta.

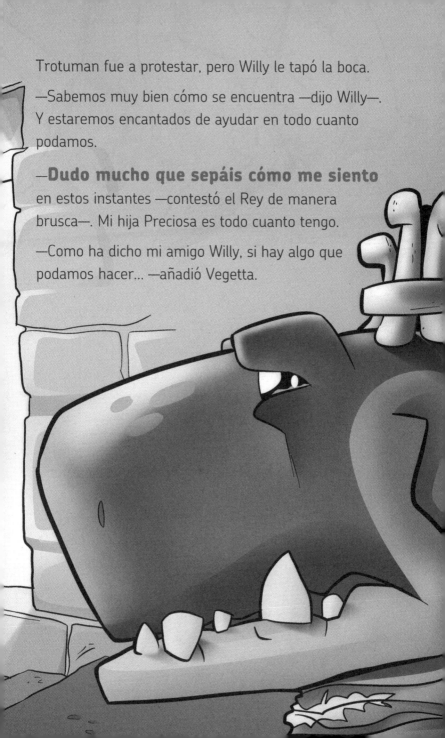

—Os agradezco vuestra buena intención y os doy la bienvenida —dijo el Rey—. Podéis pasear tranquilamente por Capital Huesitos o por sus alrededores. Sin embargo, como he dicho, ya se ha puesto en marcha una expedición de rescate. Os pido, por favor, que no perturbéis su investigación.

Willy y Vegetta asintieron. Aunque el Rey les había parecido brusco y había dado unas respuestas cortantes, no debían juzgarlo. No cabía duda de que no habían ido a visitarlo en el mejor momento, pues estaba muy preocupado por su hija. Sin embargo, estaba claro que era un buen gobernante, pues los dinosaurios vivían felices y contentos.

—Si encontramos algo, le avisaremos —dijo Vegetta, dando por concluida la conversación.

—Gracias. Y ahora, si no os importa, me gustaría estar a solas un rato —dijo el Rey, haciendo un gesto para que saliesen del salón.

El Rey los acompañó a la salida y cerró la puerta tras de sí. Los dinosaurios que estaban en el exterior se callaron al ver a Manazas cabizbajo. El tiranosaurio los ignoró y siguió calle adelante.

—Nada me gustaría más que poder ayudar a Preciosa, pero su padre me tiene manía.

—Solo quiere recuperar a su hija —dijo Gigantón, tratando de justificarlo.

—¡Y YO! —gritó Manazas.

—Piénsalo bien. Es normal que el Rey confíe más en el escuadrón de pterodáctilos que en Willy y Vegetta.

—¡**Pero si no los conoce!**

—¡**Por eso mismo!** —contestó Gigantón—. No sabe de lo que son capaces. Pero ellos han dicho que están dispuestos a ayudar, ¿verdad?

Willy y Vegetta asintieron, al igual que sus mascotas.

—Ya sabéis que siempre estamos a la caza de nuevas aventuras —dijo Willy—. ¡Y esta parece de las buenas!

—Muchísimas gracias, en serio —dijo Manazas.

—¿Y cómo se supone que vamos a localizar a Preciosa? —preguntó Trotuman—. ¡**Esta isla es enorme!**

—En la nota se pide el *Libro de códigos* a cambio de Preciosa... —recordó Vakypandy.

—Pero el libro está en Pueblo y no creo que traerlo de vuelta sea la mejor opción —dijo Trotuman.

—Desde luego que no —aseguró Vegetta—. ¿Qué tal si empezamos por el lugar en el que estaba escondido el *Libro de códigos*?

Willy dio una palmada.

—¡**Es una idea brillante!** Puede que allí encontremos algún rastro, alguna pista...

Sin perder un instante, Gigantón y Manazas guiaron a los amigos hasta aquella parte de la isla.

Tras salir de la ciudad, siguieron por un sendero que se adentraba en la selva. Willy, Vegetta, Vakypandy y Trotuman se sintieron como hormigas caminando entre aquellos árboles cuyas hojas podían haber usado como sábanas. Quién sabe qué criaturas se esconderían entre tanta vegetación. Sin embargo, ir acompañados por dos dinosaurios les daba cierta tranquilidad.

El sonido de los insectos revoloteando y las hojas sacudidas por el viento dio paso al de una caída de agua.

—Ya estamos llegando —informó Gigantón después de una larga caminata—. Tened cuidado, no vayáis a caer en la laguna.

—¿Crees que nos da miedo un poco de agua? —preguntó Trotuman en tono bravucón.

—El agua no... —respondió Gigantón—. Pero las pirañas que hay dentro puede que sí.

Bordearon la laguna y llegaron a una zona donde los
árboles estaban más separados entre sí. Sin embargo,
sus ramas eran tan largas y espesas que no permitían
ver el cielo desde el suelo. Grandes lianas colgaban
de ellas. Había unos pequeños monos de color azul
usándolas para columpiarse.

—¡Eh! ¡Fuera de ahí!
                    —exclamó Manazas—.

         ¡Vais a romper mis lianas!

—Déjalos que se diviertan un poco, Manazas —dijo
Gigantón—. Si aguantan tu peso, no creo que esos
monitos vayan a romperlas.

Willy y Vegetta se miraron asombrados. No podían ni imaginarse al tiranosaurio columpiándose y haciendo piruetas.

—Bienvenidos a la zona de entrenamiento de Manazas —dijo Gigantón.

—Así es —asintió Manazas—. Veamos, el libro cayó... de ahí. Sí, mirad. En el tronco podéis ver las marcas del golpe que me di.

Los amigos se acercaron hasta allí. Comprobaron que donde señalaba Gigantón faltaba la mitad del tronco. Vegetta trepó a lo alto del árbol, mientras los demás merodearon por la zona en busca de cualquier tipo de rastro. Estaba sobre la rama donde supuestamente había estado escondido el libro cuando sintió un aleteo a sus espaldas. Con cuidado, se dio la vuelta. Ante él había un pájaro enorme. Sus plumas eran azules y amarillas, tenía un largo pico dentado... y era bizco. En ese mismo instante, otro pájaro se posó al otro lado. Tenía el mismo pico amenazador que su amigo y llevaba un cinturón cargado de petardos. Vegetta rápidamente comprendió por qué le faltaban la mitad de las plumas.

—Bizcocho, ¿has visto qué pájaro más raro? ¡No tiene plumas! —dijo el de los explosivos.

—Es verdad, Petardos. Y tú te empiezas a parecer a él...

—Muy gracioso.

Fue Willy quien se dio cuenta de que su amigo podía correr peligro y avisó a los dinosaurios.

—No debes preocuparte, **BIZCOCHO** y **PETARDOS** son buena gente —aseguró Manazas.

—Sí, son los que le llevan las cuentas a Manazas cuando hace flexiones —apuntó Gigantón.

—**¡Hola, amigos!** —saludó Manazas.

Bizcocho y Petardos saludaron al tiranosaurio. Después de las presentaciones, el grupo comenzó a conversar. Hablaron del increíble viaje a Pueblo, pero no tardaron en preguntar por la criatura verde.

—¿La habéis visto? —preguntó Willy.

—Ya lo creo —contestó Petardos—. Vaya enfado se agarró cuando vio que el libro había desaparecido. Afortunadamente, se marchó lejos de aquí.

—¿Sabéis dónde está ahora mismo?

—Casualmente, sí —contestó Bizcocho—. Tenemos muchos amigos sobrevolando la isla. Lo vieron marcharse hacia el volcán del Cuerno de Fuego.

—¿Está muy lejos de aquí? —preguntó Vegetta.

—No estaréis pensando ir allí, ¿verdad? —dijo Petardos, sacudiendo las pocas plumas que le quedaban en el cuerpo.

—Está en la cara opuesta de la isla, pero se puede llegar fácilmente —aseguró Gigantón.

—No vayáis. **Es un lugar lleno de peligros** —advirtió Bizcocho.

—Tendremos que arriesgarnos si queremos rescatar a Preciosa —dijo Manazas.

—**En ese caso, no hay tiempo que perder** —sentenció Willy—. Pongámonos en marcha.

Agradecieron su ayuda a Bizcocho y Petardos y se despidieron de ellos. Gracias a aquellos dos pájaros, tenían una pista sobre el paradero de Preciosa. Sin vacilar un instante, pusieron rumbo hacia allí. ¡El territorio del volcán del Cuerno de Fuego los esperaba!

EN LAS ENTRAÑAS DEL VOLCÁN

A última hora de la tarde el grupo llegó a un lugar donde se abría una inmensa quebrada. Era como si el volcán del **CUERNO DE FUEGO** hubiese intentado separarse de la isla. Se alzaba frente a ellos, oscuro y temible, con el extraño saliente que le daba nombre. El paisaje de grandes árboles y abundante vegetación daba paso a un terreno gris y pedregoso donde la vida parecía no abrirse camino. Un larguísimo puente colgante permitía el paso entre ambos territorios.

—¿No hay otra forma de cruzar? —preguntó Vakypandy.

—Si tuviésemos alas... —contestó Gigantón, encogiéndose de hombros—. La otra opción sería descender el precipicio y subir por el otro lado, pero perderíamos demasiado tiempo.

El puente era de madera y cuerdas, y el viento lo hacía balancearse peligrosamente. Discutieron quién debía cruzar primero. No sabían con qué o quién podían encontrarse en el otro extremo. Lo que sí tenían claro era que Manazas no debía pasar delante. Su peso podía romper el puente y, en ese caso, tendrían un serio problema.

—Vakypandy, tú irás primero —indicó Willy.

—**¿Y por qué yo?** —replicó Vakypandy.

—Iría yo, pero... tú eres la única que puede hacer magia —se justificó Willy.

—Pues yo pienso que deberías ir tú primero —contestó la mascota—. Si me pasase algo, precisamente perderíais al único miembro del grupo capaz de hacer magia.

—¿Y si va Trotuman? —propuso Vegetta—. Es el que tiene un mayor nivel y...

—**¡OYE!** **¡A mí no me metas!** —protestó Trotuman—. Prefiero esperar aquí.

—**Sois como niños** —los reprendió Gigantón—. ¡Si solo es un puente!

—**¡Pues pasa tú primero!** —dijo Willy.

—No sé si el puente aguantará mi peso —se excusó—. Podría poner en riesgo el éxito de la misión...

—Entonces, **¿lo echamos a suertes?**

Al parecer, la suerte estaba ya echada. Manazas no estaba dispuesto a perder el tiempo y, mientras todos discutían, él había iniciado el camino hacia el otro lado. Quién sabía qué podía estar sucediéndole a Preciosa en aquel instante. Pensando más en ella que en el precipicio que se abría bajo sus pies, Manazas logró cruzar el puente.

Al ver que un tiranosaurio como él había cruzado sin mayores problemas, los demás también se animaron.

—Bien, ahora que estamos al otro lado, ¿hacia dónde vamos? —preguntó Gigantón—. Para nosotros, este territorio es tan inexplorado como para vosotros.

—Una opción sería dividirnos —propuso Willy.

—Y otra, seguir las huellas —dijo Vegetta, señalando en una dirección.

No muy lejos de donde se encontraban, podían distinguirse varias huellas que iban en una única dirección. Una de ellas era tan grande como la del pie de Manazas. Eso significaba que Preciosa había pasado por allí. Además, distinguieron tres pares de huellas más, algo que les extrañó. ¿Acaso la criatura verde contaba con cómplices? ¿Sería otro el secuestrador?

—Sea quien sea, cuando le ponga las manos encima...

—Tranquilo, Manazas, pronto daremos con Preciosa —dijo Willy—. A propósito, aún no nos has hablado de ella.

—Es una dinosauria maravillosa —contestó el tiranosaurio—. Aunque tiene carácter, siempre se la ve sonriendo. Además, es muy guapa. Es la tiranosauria más hermosa que jamás hayáis visto.

Trotuman no se hacía a la idea de cómo de guapa podía llegar a ser una tiranosauria, pero no podía quitarse de la cabeza la imagen de la dinosauria que tocaba la guitarra. Un aullido lejano lo hizo salir de su ensoñación.

–¿HABÉIS OÍDO ESO?

Era una pregunta absurda. Estaba claro que todos lo habían oído.

* * * * *

Descendieron por un desfiladero

y se adentraron en un terreno tenebroso. No había una sola planta. El paisaje que los rodeaba era un desierto de polvo y ceniza, decorado con muchas rocas volcánicas. De vez en cuando, veían volutas de humo saliendo del suelo, lo que les recordaba que estaban sobre un volcán.

Las huellas los condujeron hasta un río que todos identificaron como lava. El líquido rojo fluía lentamente, pero el cauce era tan ancho que resultaba imposible saltarlo. Sin embargo, la buena suerte les sonrió. Había tres rocas dispuestas en fila. Aunque el tamaño de las piedras era decreciente, sería suficiente para cruzar.

En esta ocasión, Manazas se quedó rezagado. Aunque en su entrenamiento para las Dinolimpiadas había realizado ejercicios más complicados, ninguno llevaba el riesgo de caer en un río de lava.

—**Venga, Manazas.** ¡TÚ PUEDES! —lo animaron desde el otro lado.

El tiranosaurio dio un brinco. Alcanzó la primera piedra y, cuando estaba listo para saltar hacia la segunda, los nervios le jugaron una mala pasada. Manazas perdió el equilibrio.

—¡NO! —gritó Gigantón.

Fue como si el tiempo se detuviese. Manazas cayó con todo su peso. Un gritó acompañó la caída, breve pero aparatosa. Sus amigos contemplaron su cara de horror, mirándolos al caer. Mil pensamientos cruzaron su mente mientras la sustancia roja lo devoraba. Abrió la boca para pedir auxilio y, entonces, notó un sabor familiar.

—¡MANAZAS! ¡DINOS ALGO! —exclamó Gigantón, desesperado.

Para asombro de todos, Manazas comenzó a patalear en el líquido rojo, nadando de espaldas.

—No os lo vais a creer —dijo el dinosaurio desde el río—. **Esto no es lava, sino**

SOPA DE TOMATE.

Está calentita y deliciosa.

Trotuman se acercó al borde, introdujo la mano en el río y se llevó el líquido a la boca.

—Qué lástima no tener un poco de sal y orégano a mano —dijo.

El grupo entero se echó a reír.

Manazas se acercó a nado hasta la orilla. Una vez fuera, intentó sacudirse el tomate del cuerpo, pero le fue imposible. Gigantón corrió hasta él, pero se lo pensó dos veces antes de darle un abrazo.

—**¡Todavía no me puedo creer que no te haya pasado nada!** —exclamó el velociraptor—. Estaba convencido de que habías caído en un río de lava del volcán.

—Y yo...

—¿Cómo puede ser que exista un río de sopa de tomate? —preguntó entonces Vegetta.

—No lo sé, amigo mío, pero cosas más raras hemos visto —respondió Willy—. Supongo que alguna explicación habrá.

—Bueno, bueno. Con explicación o sin ella, el río de sopa de tomate está ahí y punto —dijo Vakypandy, poniéndose nerviosa—. Y ahora, si no os importa, tenemos que ir al rescate de Preciosa, ¿no? Pues, ¡al lío!

Las huellas seguían por una pequeña senda que terminaba en la entrada de una cueva. El grupo se detuvo, pero no escucharon ningún ruido procedente del interior. Tan solo notaron que de la gruta salía un aire caliente, con cierto olor a azufre.

—Probablemente conecte con el interior del volcán —aventuró Gigantón.

El túnel no era demasiado elevado, por lo que Manazas tuvo que caminar ligeramente agachado. A medida que se adentraban en la cueva, la temperatura iba subiendo.

—**Como sigamos así, voy a terminar hecho sopa de tortuga** —murmuró Trotuman.

Hasta sus oídos llegó un gemido.

—**Preciosa está en peligro** —exclamó Manazas—. **¡VAMOS!**

Corrieron por el túnel hasta que llegaron a una pequeña caverna iluminada por una fosa de lava. El calor era insoportable, pero lo que vieron los dejó helados. En uno de los laterales, pegados a la pared, había dos *compis* atados y amordazados. Uno de ellos tenía el ojo morado y al otro le faltaban varios dientes. La criatura verde estaba algo más allá, colgando de un saliente de roca, también apresada y aturdida.

Un poco más distante, cruzada de brazos y aparentemente tranquila, se encontraba Preciosa. Willy y Vegetta se fijaron en que era algo más pequeña que Manazas. Tenía unos dientes tan grandes que parecían no caberle en la boca. Tal vez por eso Manazas creía que era una dinosauria alegre y que sonreía constantemente. Sin embargo, no entendían mucho de belleza dinosauril, por lo que no eran las personas más idóneas para valorarla.

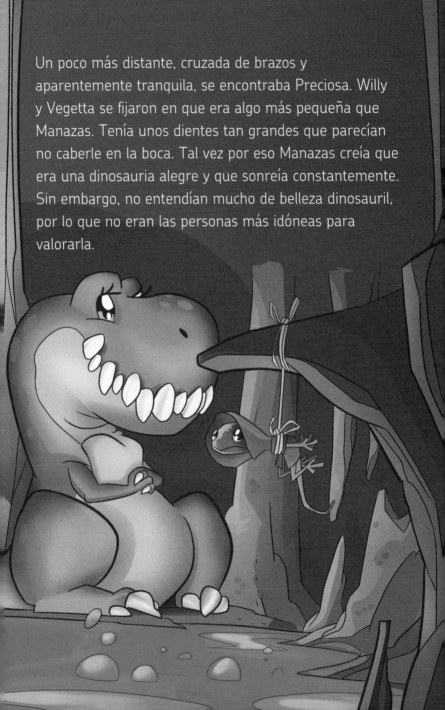

—Ya era hora de que viniese alguien —protestó ella—. Este calor empezaba a ser insoportable.

Manazas dio dos pasos al frente y se acercó a la dinosauria.

—Hemos venido tan pronto como hemos podido...

—**Manazas, ¿ERES TÚ?** —preguntó Preciosa—. ¿Estás herido?

—No, no. Solo es tomate...

El dinosaurio explicó cómo había caído en el río de sopa de tomate, pensando que era lava.

—Fue una de las tretas de estos tres —explicó Preciosa—. En esa zona estaba la vieja fábrica de sopa de tomate. Había muchos barriles almacenados para las Dinolimpiadas, pero estos desgraciados los derramaron para crear un río de falsa lava. Así, nadie se atrevería a seguir sus pasos.

—**¡Pues casi lo consiguen!** —exclamó Manazas—. ¿Y tú? **¿Estás bien? ¿TE HAN HECHO ALGO ESOS MATONES?**

—¿Te refieres a esos gánsteres de medio pelo?
—respondió Preciosa—. Como puedes ver, se han llevado la paliza de sus vidas. Soy toda una experta en artes marciales.

—Ya veo. Nos tenías muy preocupados... —dijo Manazas—. Tu padre ha organizado un escuadrón de rescate.

—**¿RESCATARME?** —preguntó sorprendida Preciosa—. **¿Acaso tengo pinta de estar en peligro?**

Manazas se encogió de hombros.

—Si no he regresado a Capital Huesitos, es porque no podía cargar con ellos hasta allí —prosiguió Preciosa. Willy y Vegetta comprobaron que había heredado el carácter brusco de su padre—. **Se van a pasar una temporada a la sombra**. A propósito, ¿quiénes son tus amigos?

—Son Willy y Vegetta —le explicó Manazas—. Han venido desde las tierras lejanas de Pueblo.

—¿Y esas criaturitas tan monas?

Vakypandy y Trotuman la miraron con horror. Lo único que les faltaba era que se acercase y los pellizcase en los mofletes, como si fuesen niños pequeños.

No tardaron en abandonar la cueva. Aunque el exterior seguía siendo tan triste y desangelado, agradecieron la brisa fresca que soplaba. Vakypandy y Trotuman se encargaron de los *compis*, mientras que Manazas se hizo cargo de la criatura verde. La tomó entre sus dedos y emprendieron el regreso. En cuanto llegasen a Capital Huesitos, Willy y Vegetta se encargarían de interrogarla.

LA CRIATURA VERDE

La cárcel de Capital Huesitos estaba en un lugar apartado. No era un recinto demasiado grande. Apenas contaba con media docena de celdas. Solo una de ellas era lo suficientemente grande para albergar en su interior a un diplodocus. Pero, ¿quién querría encerrar a un diplodocus? Hasta el momento, todos los que habían visto tenían aspecto simpático y bonachón.

Al llegar saludaron a los guardias, una pareja de estegosaurios. Al ver los pinchos de sus colas, Willy y Vegetta comprendieron por qué eran los encargados de la seguridad en la ciudad. Por sus caras, vieron que no les hacía demasiada gracia tener que encargarse de tres prisioneros en vísperas de las Dinolimpiadas.

Cuando la criatura verde fue encerrada en una de las celdas, Willy y Vegetta pidieron permiso para interrogarla. Los guardias accedieron y les permitieron el paso.

Por fin se encontraban cara a cara con la criatura verde. Su aspecto de reptil no encajaba con ninguna especie conocida. No tenía un rostro amable. Sin embargo, encerrado en una prisión resultaba mucho menos temible.

—¿Te acuerdas de nosotros? —preguntó Willy cuando estuvieron solos.

—Es difícil olvidar unas caras tan feas —respondió la criatura, desafiante.

—Ahora, dinos, ¿para quién trabajas? —preguntó Willy—. ¿Qué pretendías hacer con el *Libro de códigos*?

—¿Esperáis que hable? —dijo la criatura—. ¡Ja! ¡Ni en sueños!

Willy esbozó una sonrisa.

—Contábamos con ello. Por eso mismo hemos traído refuerzos. Adelante, Vakypandy y Trotuman.

Las mascotas, que habían permanecido un poco apartadas, se acercaron a la criatura verde. En sus manos sujetaban largas plumas azules, muy parecidas a las que iba perdiendo Petardos allá por donde pasaba.

—Te lo repetiré una vez más —insistió Willy—. **¿Quién es tu jefe?**

—No pienso...

Trotuman no pudo contenerse y empezó a hacerle cosquillas en la barriga. Vakypandy hizo lo mismo en las plantas de los pies.

—Vas a ver si hablas ahora —dijeron.

La criatura verde se sacudía tirada en el suelo. Pidió auxilio a los guardias, pero nadie apareció por allí. Las cosquillas eran cada vez más insoportables y, cuando no aguantó más, se rindió.

—**Está bien, está bien, HABLARÉ.**

Vakypandy y Trotuman lo celebraron chocando los cinco.

—Sirvo a un ser de una dimensión distinta a la vuestra —explicó—. Es poderoso y muy ambicioso. El día que se entere de lo que me habéis hecho, lanzará toda su ira sobre vosotros.

—No me hagas reír, anda —respondió Vegetta.

—¿Y qué me dices del *Libro de códigos*? —dijo Willy—. ¿Para qué lo quería?

—¡Para establecer un nuevo orden universal! Con él en su poder, gobernará todas las dimensiones y...

Vegetta carraspeó.

—Se te olvida un pequeño detalle... Somos nosotros quienes tenemos el libro. Y esta vez nos hemos asegurado de guardarlo en un lugar que nadie podrá encontrar jamás.

—Si no llega a ser por culpa de ese científico tan torpe que tenéis en Pueblo, nunca me habríais atrapado —dijo la criatura—. El portal que diseñó no era muy estable y se cerró mientras yo todavía estaba pasando al otro lado. No sé cómo terminé en el mar. Después de nadar varios días, llegué a esta isla prehistórica donde no saben lo que es un teléfono móvil.

—Como suele decirse, no hay mal que por bien no venga —dijo Vegetta.

—Sin tecnología a mano, me era imposible avisar a mi señor —prosiguió la criatura, ignorando el comentario de Vegetta—. Decidí esconder el *Libro de códigos* hasta encontrar una solución, pero alguien se lo llevó.

Willy y Vegetta sonrieron. Conocían la historia que venía a continuación. Vakypandy aprovechó la pausa para hacer unas cuantas cosquillas más a la criatura verde.

—¡Pero si estoy colaborando!

—Ya, pero me apetecía... —dijo la mascota.

Tras la pequeña interrupción, Vegetta siguió con el interrogatorio.

—¿Por qué secuestraste a Preciosa?

—Fue una solución desesperada. Era hija del Rey, alguien con poder suficiente para movilizar a los habitantes de la isla y conseguir que me fuera devuelto el libro —explicó la criatura—. Lo que no podía prever era que esa dinosauria fuese cinturón negro de kárate.

—Visto lo visto, me cuesta creer que consiguieses secuestrarla —dijo Willy—. ¿Cómo lo hiciste?

—Fue más sencillo de lo que te imaginas —contestó la criatura—. Mis dos cómplices le hicieron creer que habían visto una pobre criatura en peligro al otro lado del puente que conduce al volcán. Ella me vio a lo lejos y vino corriendo a ayudarme. En un momento de despiste, ¡zas! Conseguimos reducirla entre los tres.

—Claro. Y luego ella contraatacó —dedujo Vegetta.

—Eso fue ya en la cueva. No sé qué clase de nudo hicieron esos dos inútiles. El caso es que escapó. Prefiero no contar lo que pasó después.

—No te preocupes, me hago a la idea. Bien, en resumidas cuentas, has venido a parar a una isla sin tecnología, de la que no puedes salir y de la que tu jefe no sabe nada... —dijo Willy, dirigiéndose a la criatura verde—. Me parece que es un sitio ideal para que pase una buena temporada. ¿No crees, Vegetta?

—Ya lo creo. Ha causado daño a mucha gente y debe pagar por ello —dijo Vegetta. Sin embargo, tanto él como Willy confiaban en la buena voluntad de la gente y, a menudo, daban una segunda oportunidad—. ¿Por casualidad te arrepientes de lo que has hecho?

La criatura soltó una carcajada.

—¡LO HARÍA MIL VECES MÁS SI FUESE NECESARIO!

Los ojos de Vegetta enrojecieron de rabia, pero Trotuman y Vakypandy salieron al quite con una nueva ración de cosquillas.

—**Creo que está todo dicho** —concluyó Willy—. Un tiempo entre rejas te sentará bien.

La criatura se despidió con una sonrisa maliciosa. Claramente esperaba poder vengarse algún día, cuando tuviese la oportunidad. Pero Willy y Vegetta confiaron en que eso no sucediese nunca. Abandonaron la prisión bastante satisfechos.

* * * * *

Precisamente en el exterior aguardaban Manazas y Gigantón. El tiranosaurio había tenido tiempo para asearse y quitarse todo el tomate que tenía pegado al cuerpo.

—**Asunto resuelto** —dijo Willy—. A propósito, ¿dónde está Preciosa?

—Ha ido a descansar un poco —informó Manazas—. Aunque no sufrió daño alguno, se ha pasado más de veinticuatro horas sin dormir...

—¿Y el Rey? —preguntó Vegetta, guiñándole un ojo—. No podrá negar que has participado en un acto heroico.

—Me dio las gracias, sí. Pero nada más —comentó Manazas, un tanto desanimado—. Nunca me verá con buenos ojos.

—Anímate, grandullón —dijo Gigantón, golpeándole el hombro—. En tres días se celebrarán las Dinolimpiadas. Ahí tendrás una nueva oportunidad para demostrar tu valía.

—Es cierto. Además, el Rey estará presente.

Vegetta dio una palmada.

—**¡Ahora lo comprendo!** —exclamó—. ¡Quieres ganar las Dinolimpiadas para ganar el favor de su padre!

—Así es —reconoció Manazas—. Tal y como os contamos, los ganadores de las Dinolimpiadas son muy respetados por los habitantes de Capital Huesitos, incluido el Rey. Por eso, estoy convencido de que si consigo alzarme con el Hueso de Oro, me verá con otros ojos.

—**Qué romántico**. Quieres ganarlas por amor...
—dijo Willy.

Manazas se sonrojó.

—Y lo va a conseguir —dijo Gigantón, animando a su amigo—. Los dos años de entrenamiento darán sus frutos.

—¿Y puede saberse qué estamos haciendo aquí?
—preguntó entonces Trotuman—. Manazas podría estar aprovechando para entrenar.

—Creo que Trotuman tiene razón —dijo Vegetta—. Te ayudaremos a que estés listo para las Dinolimpiadas.

—**¿En serio?** —preguntó Manazas.

—¡Claro! —afirmó Willy—. ¡Nos encantaría ayudar al futuro campeón!

—**¡PISTONUDO!** —dijo Gigantón—. ¡Qué buena suerte!

—Además, no creo que necesites mucha ayuda —aseguró Willy—. Has demostrado tu valía en un templo antiguo, has cruzado un puente colgante, has nadado sobre un río de sopa de tomate y has rescatado a tu amada. **¿Qué puede haber más difícil que todo eso?**

—Creo que exageráis un poco —reconoció Manazas—. Pero, ya puestos, ¡también nos hemos enfrentado a un barco pirata!

—¡**Exacto!** —rieron todos.

El día llegaba a su fin y decidieron retirarse a descansar. La jornada siguiente la dedicarían a entrenar y necesitaban reponer fuerzas.

* * * * *

Cuando se levantaron, aún no había salido el sol. Vakypandy y Trotuman se hicieron los remolones y pidieron tomarse el día libre. Los demás pasaron la jornada en la zona de entrenamiento. Tras unos ejercicios de calentamiento, Willy y Vegetta propusieron que Manazas hiciese un recorrido con las lianas. El tiranosaurio aceptó de buena gana y se encaramó a lo alto de un árbol. Se disponía a tomar una de las lianas, cuando apareció un pequeño mono azul. Tras hacerle una pedorreta, le arrebató la liana y huyó de allí.

Herido en su orgullo, Manazas agarró la primera liana que pudo y se lanzó en una divertida persecución. Willy, Vegetta y Gigantón lo animaban desde abajo.

—¡Ánimo! ¡Tú puedes!

—¡Ya casi lo tienes!

Y era cierto. Manazas era mucho más grande y eso le daba la ventaja de impulsarse con más fuerza. Pero entonces entraron en juego una docena de monos más. Cruzaban de un lado a otro, como si fuesen dardos azules. Hacían piruetas y, sobre todo, muchas pedorretas. Manazas empezó a marearse y, casi sin darse cuenta, terminó enredado en un montón de lianas ante las burlas de los monos.

No fue el único percance del día. Como sus brazos eran tan cortos, al practicar el lanzamiento de jabalina esta salió muy desviada y estuvo a punto de darle a Gigantón. El velociraptor, gracias a unos rápidos reflejos, la esquivó. Pero tuvo la mala suerte de dar un tropezón y caer a la laguna. Les costó un buen rato quitarle las pirañas que se habían agarrado a su cola.

—**No voy a poder hacerlo...** —suspiró Manazas.

—**¡Seguro que sí, tío!** —dijo Gigantón—. **¡Solo necesitas esforzarte un poquito más!**

—¿Es que no ves que esto no es lo mío? No tengo nada que hacer en las Dinolimpiadas...

—Debes confiar en ti mismo para conseguir un buen resultado —dijo Willy—. De lo contrario, lo harás aún peor.

Después de verle entrenar, Willy y Vegetta comprendieron por qué se llamaba Manazas. Al principio lo achacaron a sus brazos cortos, pero era torpe. Muy torpe.

—**¿Hacerlo peor?** —preguntó Manazas con horror—. No creéis que pueda ganar, ¿verdad?

—Bueno, sí... —corrigió Willy.

—**¡No lo conseguiré nunca!** —exclamó Manazas, desconsolado—. **¡Y el Rey nunca me dejará casarme con su hija!**

—Bueno, tal vez haya que cambiar el método de entrenamiento —dijo Willy.

Rebuscó en el interior de su mochila. Al rato sacó un extraño aparato que los dinosaurios nunca habían visto: un reproductor de música cargado con las mejores canciones para hacer ejercicio. Willy lo puso en marcha y, al instante, comenzó a sonar una melodía de lo más animada.

—¿Qué es eso que suena? —preguntó Gigantón, siguiendo el ritmo con el pie.

—Es un aparato que reproduce música —explicó Willy.

—**¿Se puede grabar la música?** —preguntó Manazas.

—¡Claro! —dijo Vegetta—. Y te motiva para hacer ejercicio durante horas. Ahora, **¡muévete!**
¡Vamos! ¡Sigue el ritmo!

Manazas no lo dudó y comenzó a bailar. No reconocía las canciones, pero su ritmo le gustaba. Movía las caderas, los brazos y los pies sin parar.

—**Un, dos, tres... ¡Adelante!** —lo animó Willy—.
Un, dos, tres... ¡Atrás! ¡ESO ES!

—Es un buen bailarín. ¿No te parece, Willy?

—**¡Ya lo creo!**

Animado por la música, Manazas bailó durante el resto del día sin parar. Hubo un momento en el que los monos, divertidos al ver cómo se movía el tiranosaurio, siguieron sus pasos. También se acercaron hasta allí Bizcocho y Petardos, y todos terminaron bailando la conga alrededor de la laguna.

—**¡Ha sido increíble!** —dijo Manazas—. ¡Me siento más vivo que nunca!

—**¡Es el poder de la música, tío!** —exclamó Willy—. ¡Infalible!

—Teníais razón —reconoció Gigantón—. Hasta yo he acabado hecho polvo.

—**Así no habrá quien me detenga** —aseguró Manazas, totalmente confiado.

El grupo regresó a casa con ánimos renovados. El día había comenzado con dificultades, pero la brillante idea de Willy lo había cambiado todo. Trotuman y Vakypandy habían comprado dinoburgers para cenar y se dieron un festín. Debían reponer fuerzas porque aún tenían por delante un día de entrenamiento. ¡Las Dinolimpiadas estaban a punto de comenzar!

LAS DINOLIMPIADAS

El día de las Dinolimpiadas amaneció completamente despejado. Solo un par de nubes curiosas sobrevolaron Isla de Huesos, como si quisiesen participar del ambiente festivo que se respiraba allí.

Capital Huesitos estaba decorada para el evento. Había globos en todas las esquinas y numerosos puestos ambulantes se habían colocado a lo largo de toda la avenida principal. Willy y Vegetta iban acompañados por sus mascotas. Se habían despedido de Gigantón y Manazas después del desayuno. El tiranosaurio debía presentarse a primera hora en el Dinoestadio y Gigantón le acompañaría como su entrenador.

A Trotuman se le hizo la boca agua al pasar frente a un puesto de dinoburgers. Pero tampoco pudo contenerse al ver las delicias de mango y papaya, los brotes de soja rebozados en miel y almendras y los cucuruchos de pétalos de rosa fritos.

—No sé dónde metes todo lo que comes —dijo Vakypandy.

—En mi tripita, lógicamente.

Willy y Vegetta se detuvieron delante de un puesto donde hacían retratos. El artista era un pájaro similar a un tucán. Aprovechaba la dureza de su pico para picotear las tablas de pizarra y dibujar los rostros de la gente. Ellos animaron a sus mascotas a hacerse uno. Sería un magnífico recuerdo de su viaje a Isla de Huesos.

Los amigos siguieron avanzando camino del Dinoestadio.
El edificio era descomunal. Las banderas ondeaban a
la entrada, dando la bienvenida a los asistentes. Los
alrededores estaban repletos de dinosaurios ansiosos
por ver el espectáculo. Llevaban bufandas, gorros y
banderolas con los colores de su participante favorito.
Willy y Vegetta caminaron con mucho cuidado, no fuera
a pisarlos un braquiosaurio.

Afortunadamente, llegaron a sus asientos sin mayores problemas. Gigantón se había encargado de reservarles unas buenas entradas. De hecho, estaban pensadas para dinosaurios tan grandes que prácticamente podían sentarse los cuatro en un solo sitio. Desde su posición veían perfectamente la pista y el palco real.

Cuando el Dinoestadio estuvo lleno a rebosar, las cortinas del palco se corrieron y apareció el Rey. Todos los espectadores aplaudieron y jalearon a su líder.

En ese mismo instante intervino el presentador, un triceratops elegantemente vestido y con un sombrero de copa. Tenía una voz grave y potente, pero el griterío era ensordecedor. Por eso, había pájaros dodo repartidos por todo el Dinoestadio encargados de repetir todo cuanto aquel dijera.

—**¡Queridos vecinos! ¡Queridas vecinas!**
—exclamó el presentador.

El mensaje fue transmitido entre los pájaros dodo. El problema era que, con tanto ruido, al último de ellos le llegaba la información un tanto alterada.

—¡Queremos tocino! ¡Queremos cecina!

—gritó el último dodo, para sorpresa de todos cuantos lo rodeaban.

—¡**Bienvenidos a una nueva edición de las Dinolimpiadas!** —prosiguió el presentador—. Han sido cuatro años de espera. Cuatro años de preparación y entrenamiento de los participantes que hoy aspiran a hacerse con el Hueso de Oro.

Los espectadores aplaudieron aquellas palabras, deseosos de que diesen comienzo las pruebas.

Trotuman no le prestó atención. Tenía la mirada clavada en la dinosauria guitarrista. La había localizado a pie de pista, entre los dinosaurios que formaban la banda de música.

—En esta edición disfrutaremos de tres originales y divertidas pruebas, preparadas por el Comité Organizador —explicó el presentador—. Sin duda, se han superado. Pero no quiero adelantar acontecimientos. Ahora, llega el turno de los protagonistas... ¡Los atletas dinolímpicos!

Los aplausos y los gritos de ánimo llenaron el Dinoestadio.

—Y ahora...

¡QUE DEN COMIENZO LAS DINOLIMPIADAS!

Los participantes saltaron al terreno de juego.
Willy y Vegetta contaron un total de seis y
Manazas era el más grande de todos. Era fácil
distinguir al tiranosaurio porque, además,
iba vestido de rojo. Por delante de él iba un
velociraptor con uniforme amarillo. Por un
momento pensaron que se trataba de Gigantón,
pero no, porque llevaba un peinado moderno.

Había un estegosaurio vestido de azul al que apoyaban todos los miembros de la policía. También distinguieron un pterodáctilo de blanco y un triceratops cuya vestimenta rosa chicle no le favorecía en absoluto. Había un último dinosaurio vestido de verde, alargado y de cabeza grandota, pero no reconocieron su especie.

Todos ellos se dirigieron al centro del terreno de juego, donde se había preparado la primera prueba. Allí se alzaba una estructura que recordaba la que uno podía encontrarse entre las atracciones de feria. Los participantes debían golpear con un mazo sobre una plataforma, para levantar la pesa hasta la mayor altura posible. El presentador explicó los detalles de la prueba comentando que, en aquella ocasión, la pesa sería sustituida por Pincho, un dinosaurio que tenía un afilado cuerno en la cabeza.

—El tronco que hay a sus espaldas mide exactamente diez metros y en la parte superior descansa Co-Có, nuestra gallina jurásica —siguió informando el presentador, señalando una gallina de plumas blancas más grande que Vakypandy—. Los atletas dinolímpicos deberán golpear con el mazo en la plataforma con todas sus fuerzas, para hacer que Pincho suba tanto como sea posible. Obtendrán tantos puntos como metros consigan levantar a Pincho. La puntuación máxima será un diez y solo lo conseguirá quien haga cantar a Co-Có.
Dicho esto...

¡Que comience la prueba!

El público empezó a aplaudir, enfervorecido.

—Es una prueba sencilla, ¿no crees? —preguntó Vegetta.

—Manazas no debería tener problemas —asintió Willy—.
Con su tamaño, no quiero ni imaginarme lo que puede
ser de la pobre Co-Có.

El primero en entrar en acción fue el participante verde, que se quedó en unos discretos cinco metros. Después le llegó el turno al triceratops que, como era de su misma especie, fue vivamente animado por el presentador. Hizo valer su fuerza para alcanzar los ocho metros, arrancando un nuevo aplauso de las gradas.

Llegó el turno de Manazas. El Rey se inclinó ligeramente, interesado por su actuación. Puede que nunca hubiese sentido aprecio por él, pero no dejaba de ser el único tiranosaurio participante en aquellas Dinolimpiadas.

Manazas estaba nervioso. El mazo temblaba ligeramente en sus pequeños brazos. Además, le sudaban las garras. Eso fue lo que lo traicionó. En el momento en el que fue a golpear la plataforma con todas sus fuerzas, el mazo se le escurrió y fue a parar a la frente del pobre Pincho. Manazas no sabía dónde esconderse.

La prueba siguió su curso y el velociraptor consiguió siete metros. Después, el estegosaurio igualó la marca del triceratops, para alegría de todos los policías presentes. Finalmente, llegó el turno del pterodáctilo. El mazo era casi tan grande como él y tuvo ciertos problemas para levantarlo, lo que provocó las risas de los espectadores. Cuando todo el mundo esperaba que golpease la plataforma, el pterodáctilo batió sus alas y ascendió unos cuantos metros. En un momento dado, inició un descenso en picado y golpeó la plataforma con todas sus fuerzas. Pincho salió disparado como un cañón y el grito de Co-Có se escuchó en todos los rincones de Isla de Huesos.

—**¡Bravo! ¡Fantástico!** —exclamó el presentador—.
Eso ha sido una demostración de ingenio. ¡La ley del
más pequeño!

—Manazas va a tener que esforzarse mucho más para quedar en primer lugar... —dijo Willy.

—Desde luego —reconoció Vegetta—. No puede permitirse más errores.

La banda de música interpretó un par de canciones, lo que despertó el interés de Trotuman. Mientras tanto, varios dinosaurios acondicionaban el terreno para la segunda prueba.

—**Dejamos la fuerza para dar paso a la chispa** —anunció el presentador.

—**Bajemos la cuerda para dar paso a la avispa** —repitió el último pájaro dodo.

—¿Crees que la próxima prueba tendrá algo que ver con el **fuego** o con las **avispas?** —preguntó Vegetta, que no sabía qué pensar.

—No lo sé... —dijo Willy.

—Esta prueba fue en su día todo un clásico de las Dinolimpiadas y vuelve por petición popular —contó el presentador—. Me refiero, cómo no, a la tradicional Ronda de Chistes. En esta ocasión, el reto de los participantes será provocar la risa de alguien muy especial... **¡El Rey!**

El Rey fue aclamado mientras descendía por unas escalinatas en dirección al escenario que se había preparado. Al llegar allí, se sentó en un cómodo trono. Frente a él colocaron un segundo asiento en el que se sentaría el participante en cuestión. Cuando todo estuvo dispuesto, el presentador anunció:

—¡QUE DÉ COMIENZO!

En esta ocasión, abrió la prueba el pterodáctilo por ir en primera posición. Se acercó con el pico serio y se sentó frente al Rey. Tras carraspear, contó su chiste.

—Van dos diplodocus y, al final, no se cae ninguno de ellos.

Los abucheos del público no se hicieron esperar. Ni siquiera las repeticiones de los pájaros dodo hicieron mejorar un chiste que era francamente malo. El Rey no movió un solo músculo de su cara y la nota que recibió por parte del jurado fue muy baja.

—Tuvo gracia en su día —comentó el presentador—. Pero habrá que esforzarse más si queremos provocar las risas del Rey.

—¿Tú has entendido algo? —preguntó Vegetta.

—No ha tenido ninguna gracia —respondió Willy, sacudiendo la cabeza.

Llegó el turno del triceratops. Se sentó en la silla, que crujió bajo su peso. Después, dijo:

—Llega un triceratops y le pregunta a un masajista cuánto cuesta un masaje. **«Depende del tiempo»**, responde el masajista. El triceratops mira por la ventana y contesta: **«Está lloviendo»**.

A pesar de las risas del presentador, el público tuvo una opinión muy dividida con el chiste. Unos aplaudieron y otros silbaron. El Rey esbozó una tímida sonrisa, aunque nunca se llegó a saber si fue por el chiste o por tener ante él a un triceratops vestido de rosa chicle. El jurado le dio un cinco raspado.

—**¿Un cinco?** —preguntó Vegetta, indignado—. ¡Pero si lo ha contado fatal!

—Empiezo a pensar que somos nosotros quienes tenemos el problema —reconoció Willy—. Tampoco me ha hecho ninguna gracia.

Los demás participantes fueron contando sus chistes. El velociraptor consiguió una buena nota, mientras que el resto ni siquiera llegó al cinco. El Rey no estaba poniendo las cosas fáciles y aquello puso aún más nervioso a Manazas.

Cuando llegó su turno, subió al escenario. No podía creerse su mala suerte. ¡Tenía que hacer reír al padre de su amada! Tragó saliva y se sentó en la silla, que emitió un nuevo crujido. Manazas retorció sus pequeñas garras y dijo:

—Un triceratops entra en una óptica y dice: **«Buenos días, creo que necesito gafas»**. El dependiente se acerca a él y le responde: **«¡Ya lo creo!** Pero siento no poder ayudarte porque **esto es una frutería y no una óptica»**.

El Rey se quedó quieto como una estatua. Su rostro serio permaneció inmóvil. Entonces se escuchó un crujido más fuerte y la silla sobre la que estaba sentado Manazas reventó en mil pedazos. El tiranosaurio cayó de espaldas y el Dinoestadio estalló en carcajadas. El Rey tampoco pudo contenerse y rio hasta llorar. El jurado no lo dudó y Manazas se llevó la nota más alta.

Willy y Vegetta aplaudieron a su amigo, mientras los dinosaurios que tenían a su alrededor aseguraban que aquello había sido lo más divertido que habían vivido en unas Dinolimpiadas.

Mientras el Rey regresaba al palco, secándose las lágrimas de los ojos, el presentador tenía problemas para recuperar la voz.

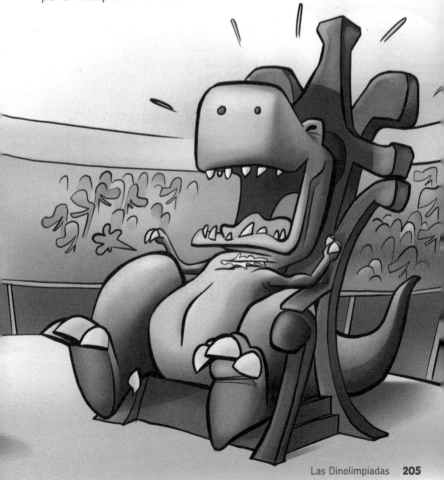

—**Llega la hora de la verdad, la prueba definitiva** —anunció el triceratops—. Algo nunca visto en Isla de Huesos. Hablamos del... **¡Salto con Diplodocus!** En ella, los atletas dinolímpicos deberán superar aquel listón colocado a veinte metros de altura. Para ello, se impulsarán sobre el cuello de nuestro diplodocus voluntario, como si de un trampolín se tratara. Y, por supuesto, no está permitido el uso de las alas en esta prueba.

El pterodáctilo mostró su enfado, pues ya se veía ganador.

Estaba todo dispuesto para que diese comienzo el espectacular Salto con Diplodocus, cuando la tierra tembló. Todos miraron a la zona de los braquiosaurios y los diplodocus, por si se hubiesen caído al suelo, pero no era así.

De pronto, alguien entre el público gritó:

—**¡Mirad!**

¡ES EL VOLCÁN DEL CUERNO DE FUEGO!

—¡ECHA HUMO!
—señaló otro.

Al parecer, el volcán estaba entrando en erupción.
En cuestión de segundos el pánico cundió entre
todos los asistentes. **Willy y Vegetta
se miraron preocupados.**
Habían visitado la zona del volcán
hacía unos días y sabían que no quedaba
demasiado lejos de Capital Huesitos.
Eso significaba que sus efectos podían
ser devastadores sobre la ciudad. Pero,
¿qué podían hacer ellos?

UN PLAN IMPOSIBLE

Willy y Vegetta observaron el caos formado desde las gradas. Los dinosaurios huían como buenamente podían del Dinoestadio mientras una espesa columna de humo amenazaba desde el volcán. Vieron a Manazas, aún en el centro del terreno de juego junto a los demás atletas dinolímpicos. Gigantón corría en aquella dirección. Entonces, Willy y Vegetta tomaron a sus mascotas en brazos y se unieron a ellos.

—**¿Estáis bien?** —preguntó Vegetta al llegar allí.

—Por el momento, sí —contestó Gigantón—. Pero lo del volcán no tiene buena pinta.

—¿Había pasado algo así antes? —preguntó Willy—. ¿Hay previsto algún plan de emergencia para una situación como esta?

—No. Es la primera vez que vemos el volcán en acción —respondió Manazas.

—Y no hay un plan para estos casos —añadió Gigantón—. Pero yo optaría por huir de aquí lo más lejos posible. No parece que eso que está saliendo del volcán sea sopa de tomate.

La lava seguía brotando desde el cráter del volcán.
El humo y la ceniza cubrían buena parte del cielo.
Lo que había comenzado como un alegre día soleado
se estaba volviendo gris y oscuro. Del cráter salían
despedidas grandes rocas de fuego, que el volcán
escupía sin importarle quién pudiera haber debajo.

Al ver caer una de aquellas rocas, Vegetta se acordó
de un pequeño detalle.

—Tenemos que liberar a nuestro amiguito verde
y sus compinches —dijo.

Willy suspiró.

—Desgraciadamente, estoy contigo —apuntó—.
Por mucho mal que haya hecho, no podemos dejarlo
indefenso ante la ira de un volcán.

—Será mejor que vayamos antes de que sea demasiado
tarde —dijo Vegetta.

De camino a la prisión de Capital Huesitos, fueron
testigos de cómo la lava descendía lentamente por la
ladera del volcán arrasando todo cuanto encontraba
a su paso. Afortunadamente, la quebrada frenaría el
río de lava, pero no sabían cuánto duraría aquello.
Las explosiones se sucedían y algunas rocas cayeron
muy cerca de la ciudad. La situación era cada vez más
peligrosa.

Los guardias habían huido de la prisión, pero, tal y como se temían, los prisioneros aún estaban en las celdas. La criatura verde no parecía demasiado preocupada.

—**Será mejor que no hagas ningún movimiento sospechoso** —advirtió Vegetta—. ¿Acaso tienes tú algo que ver con lo que está pasando ahí fuera?

La criatura verde soltó una carcajada.

—¿Pensabais que iba a quedarme prisionero en esta isla? —respondió con ironía—. Me temo que el volcán tiene la última palabra.

—No puedo creerme que hayas provocado una erupción volcánica —dijo Vakypandy—. Solo podría haberse conseguido con un potente hechizo y...

—¡Un hechizo! ¡Os creía más inteligentes! —gritó la criatura—. ¿Cómo voy a hacer que un volcán entre en erupción con un hechizo?

—Hay hechizos para eso... —gruñó Vakypandy, que sabía perfectamente lo que era la magia.

—Claro que los hay, pero es magia de mucho nivel —dijo la criatura—. ¡Solo los grandes magos podrían hacer algo así!

—Entonces, ¿cómo has conseguido activar el volcán? —preguntó Trotuman.

—Era mi pequeña venganza si el *Libro de códigos* no me era devuelto —explicó la criatura—. Antes de llevar a cabo el secuestro de la hija del Rey, coloqué unas cargas explosivas en la base del volcán. Un pequeño ingenio elaborado con rocas encendería las mechas con la misma lava del volcán y...

¡BOOOM!

—Dinos cómo parar la erupción o te arrepentirás —amenazó Willy.

—**¿No me digas?** —se burló la criatura—. Creo que os voy a dar una buena lección que no olvidaréis nunca. ¡Al menos hasta que la lava os derrita! ¡Jua, jua, jua! Además, ¿te has oído? ¿Cómo pretendes detener los efectos de un volcán?

La criatura verde tenía razón. Pero, aun así, estaba tan tranquila, como si no tuviese miedo de morir. ¿Acaso tenía algún plan secreto para huir? Era un ser retorcido, pero muy inteligente. Desde luego, Willy y Vegetta no tenían intención de quedarse de brazos cruzados.

—No sé si te habrás dado cuenta, pero si la lava llega a Capital Huesitos también alcanzará esta prisión —dijo Manazas.

—No sé la lava, pero una roca sí podría caer en cualquier instante —dijo Willy.

—Me es indiferente —contestó la criatura—. Si voy a estar aquí para siempre, mejor dejar unas bonitas ruinas para la posteridad.

—**¡Estás loco, tío!** —gritó Gigantón, fuera de sus casillas—. ¡No tienes derecho a hacer esto! ¡Hay muchas vidas en juego!

—Llegados a este punto, me da lo mismo —dijo la criatura, con una frialdad que puso los pelos de punta a los demás—. Nada de esto habría sucedido si me hubieseis devuelto el *Libro de códigos*.

_SERÁS...

Gigantón se abalanzó contra la celda, con intención de coger a la criatura por el cuello. Manazas y los demás lo sujetaron para evitar que hiciera una tontería.

—Entendido —asintió Vegetta, intentando calmar al velociraptor—. Aunque no contemos con tu ayuda, nosotros haremos todo cuanto podamos para detener esta catástrofe. Y cuando lo consigamos, pagarás las consecuencias. Tenlo por seguro.

—Buena suerte —dijo la criatura verde, cruzándose de brazos. El grupo abandonó la prisión—. ¡A ver de qué os sirve vuestra magia ahora! **¡Jua, jua, juaaa!**

* * * * *

Desde las afueras de la prisión vieron que el cielo estaba cada vez más oscuro. A lo lejos, el volcán escupía lava con más violencia y las calles estaban llenas de gente gritando con desesperación. Estaban aterrados por el desastre que se avecinaba y no tenían forma de esconderse. La policía de Capital Huesitos intentaba poner orden, pero era imposible.

—Tiene que haber algo que podamos hacer —dijo Vegetta—. **¡No me rendiré tan fácilmente!**

—Pero ¿qué? —preguntó Willy—. Me temo que la criatura verde está en lo cierto. No hay manera humana de detener esto.

—Puede que una forma humana no, pero... —murmuró Vegetta—. ¿Se te ocurre algún hechizo que pudiera ayudarnos, Vakypandy?

—Es complicado —contestó la mascota—. Como ha dicho la criatura verde, si para hacer estallar un volcán es necesaria magia de muy alto nivel, no quiero contaros lo que haría falta para silenciarlo... Me temo que no está a mi alcance.

—Ojalá pudiéramos tapar el volcán y olvidarnos —dijo Manazas.

—Sí, **ponerle una tapa y ya está, ¿verdad?** —bromeó Gigantón—. Si todo fuese tan fácil...

Aquel comentario dio a Vakypandy algo en qué pensar.

—Puede que lo que ha dicho Manazas no sea ninguna tontería —comentó Vakypandy—. **¡Quizá podamos cerrar la boca del volcán!**

—Pero **¿cómo?** —preguntó Vegetta—. No hay una roca lo suficientemente grande para tapar el cráter. Eso por no hablar del calor que debe de hacer allí ahora mismo.

—Con la ayuda de la magia, podría fundir muchas rocas hasta conseguir una del tamaño deseado —explicó la mascota de Vegetta, como si aquello fuese lo más sencillo del mundo—. No será fácil, sobre todo porque necesitaré muchísima energía. Eso solo puedo conseguirlo absorbiendo la energía de mucha gente. Y luego tendríamos que buscar una forma de llevar la piedra hasta allí...

—**¡Ese plan suena bien!** —exclamó Manazas—. Creo que yo podría ayudar con el lanzamiento de la piedra.

—Manazas, ¿te has parado a pensar en lo que podría pesar una roca de ese tamaño? —preguntó Gigantón.

El tiranosaurio ignoró a su amigo.

—**No hay tiempo que perder** —dijo Manazas, lleno de determinación—. Vakypandy, ¿cuántos dinosaurios necesitarás?

—Supongo que con un centenar será suficiente, sobre todo si son tan grandes como tú —contestó la mascota.

—Bien. Willy, Vegetta y Gigantón debéis conseguir reunir a la gente en el Dinoestadio —ordenó Manazas—. Trotuman y Vakypandy vendrán conmigo.

—¿Qué se supone que harás tú? —preguntó el velociraptor.

—Dejar todo listo para el lanzamiento —contestó Manazas—. **¡Hacedme caso! ¡Rápido!**

Ninguno sabía qué tenía en mente el tiranosaurio, pero no discutieron. Obedecieron sus órdenes sin rechistar y se pusieron manos a la obra. Willy y Vegetta hablaron con dos estegosaurios, para buscar la ayuda de la policía. Gigantón intentó convencer a amigos y conocidos de que regresasen al Dinoestadio. Por su parte, Trotuman y Vakypandy siguieron los pasos de Manazas, camino del recinto deportivo.

—¿Recordáis las banderas que había a la entrada del Dinoestadio? —preguntó el tiranosaurio, sin aflojar el paso. Las mascotas asintieron—. Son de un material resistente y, sobre todo, muy elástico. Aquí es conocido como goma de diamante. Mi idea sería hacer una gran goma y atarla a los postes del Salto con Diplodocus.

—¿Estás pensando en hacer un tirachinas gigante? —preguntó Trotuman.

—Más o menos, esa es la idea —reconoció Manazas. Acto seguido, se dirigió a Vakypandy—. ¿Crees que con nuestra ayuda y tu magia podríamos lanzar una roca gigante hasta el volcán?

—Es posible... —dijo Vakypandy—. Pero ¿qué pasará si no conseguimos encajarla en el cráter?

—**¿Tienes una idea mejor?** —contestó Manazas.

—La verdad es que no. Puede que sea la única forma de frenar el volcán.

En el palco del Dinoestadio, aún estaba el Rey acompañado por Preciosa. Se le veía triste y desconcertado. Mientras Vakypandy se ponía manos a la obra y empezaba su labor de ir formando una gigantesca bola de rocas unidas por la magia, Manazas se dirigió al palco.

—He fallado a mi pueblo —se lamentó el Rey—. No
he conseguido salvarlos. Pasaré a la historia como el
peor Rey de Isla de Huesos. Eso, si es que hay historia
después de esta catástrofe.

—Papá, no ha sido tu culpa... —le dijo Preciosa—. Hola,
Manazas. Esto es terrible.

—Escucha —respondió—, tenemos un plan para detener
la erupción del volcán, pero necesitamos vuestra ayuda.

El Rey levantó la mirada e, interesado, preguntó:

—¿En serio? ¡Cuenta conmigo, Manazas!
¿En qué te podemos ayudar?

—Vamos a intentar cerrar la boca del volcán.

De inmediato, explicó los detalles de su disparatado plan
al Rey y a su hija. Aunque la idea les parecía una locura,
no tenían otra opción. Por lo menos era mejor que
quedarse de brazos cruzados, lamentándose.

—También necesito que se anime —dijo Manazas—. Los
habitantes de Isla de Huesos no pueden ver a su líder
abatido y cabizbajo. Si lo ven con actitud positiva, ellos
harán lo mismo. Además, esa potente energía será
la que dé fuerzas a Vakypandy. Sin ella, nada de esto
saldrá adelante.

El Rey se levantó y miró a Manazas.

—Manazas, ten por seguro que ayudaré en todo cuanto me sea posible.

El Rey observó a los dinosaurios que había congregados en el Dinoestadio. Unos no lo habían abandonado esperando que fuese un buen refugio y otros habían regresado a petición de Willy y Vegetta. Sus rostros mostraban terror e incertidumbre. Estaban atravesando un momento difícil, pero él intentaría infundirles un rayo de esperanza.

—¿Hay suficiente gente, Vakypandy? —preguntó Manazas.

La mascota estaba concentrada en varias rocas, que volaban hasta pegarse a una pieza que ya superaba el tamaño de un braquiosaurio.

—No, aún no —respondió Vakypandy, justo cuando Willy, Vegetta y Gigantón llegaban acompañados por más dinosaurios.

—**Es su turno** —dijo Manazas, dirigiéndose al Rey—. Yo iré a preparar la goma con las banderas.

El Rey se aclaró la voz y respiró hondo. Se disponía a pronunciar el discurso más importante de su vida y quería que le escuchasen con atención.

—Queridos habitantes de Isla de Huesos —comenzó, para llamar la atención de todos los presentes—. Estamos ante un día oscuro. Las Dinolimpiadas siempre han sido una competición donde los participantes han debido esforzarse al máximo nivel. Hoy, los participantes somos todos nosotros. Por primera vez en la historia de Isla de Huesos, debemos dar lo mejor de nosotros mismos si queremos conseguir la victoria. Para ello debemos colaborar con este pequeño ser que está a mi lado y también con sus amigos. Han venido de tierras lejanas y son los únicos capaces de frenar este desastre. Por eso, necesito vuestra ayuda.

Las palabras del Rey captaron la atención de todos los dinosaurios. Vakypandy le indicó que debían concentrarse en sus recuerdos más felices. Solo de esa forma podría aprovechar la energía positiva que saliese de ellos.

—Debéis llenar vuestras mentes de recuerdos felices —pidió el Rey—. Ese momento en el que os dieron vuestra primera tarta de chocolate, el día que conocisteis a vuestra pareja o el día que nació vuestro hijo.

Al decirlo, se le escapó una lagrimilla. Se abrazó a Preciosa y le dio un beso en la frente.

—¡CONCENTRAOS!

Un plan imposible

Contagiados por el entusiasmo del Rey, los dinosaurios llenaron sus mentes de recuerdos felices. Willy y Vegetta también colaboraron y pensaron en todos aquellos que disfrutaban con sus aventuras, en sus mascotas y en las mejores partidas de videojuegos que habían compartido.

A su alrededor, las rocas volcánicas se iban uniendo gracias a la magia de Vakypandy. Sus ojos brillaban con fuerza mientras las rocas volaban, como atraídas por un imán, y se unían a la pieza gigante que estaba fabricando.

En uno de los extremos del Dinoestadio, Manazas trabajaba a contrarreloj. Había colocado los postes, orientándolos en la dirección deseada. Estaba terminando de atar y colocar las banderas. Varios dinosaurios lo ayudaban con esta tarea, porque la roca que debían lanzar sería de enormes proporciones.

—Bien, todo está listo —anunció satisfecho—. Avisad a todos los atletas dinolímpicos, los de este año y los de ediciones anteriores.

Menos de diez minutos después, se habían juntado más de una veintena de dinosaurios. Manazas les explicó que, cuando Vakypandy los avisase, ellos deberían tensar la goma con todas sus fuerzas para lanzar la roca hacia el volcán. Gracias a sus poderes, Vakypandy se encargaría de utilizar la energía que le quedase en orientar el lanzamiento. Pero el primer paso era el más importante, pues marcaría la dirección en la que saldría disparado el proyectil.

—Es como jugar al baloncesto —remató Manazas.

—**¡Sí! ¡La canasta decisiva!** —dijo Petardos, que se había acercado por allí—. **¡La vida de todo el mundo depende de este lanzamiento!**

Llegó el momento de la verdad.

Cuando Vakypandy consideró que la roca había cobrado un tamaño más que suficiente, la hizo rodar hasta la posición de lanzamiento. Los atletas dinolímpicos suspiraron al ver el tamaño del proyectil.

—Ahora sí que me parece imposible realizar un lanzamiento así.

—**Debes confiar en ti mismo para conseguir un buen resultado** —le dijo Manazas, recordando las palabras que empleó Willy con él.

Aquello tranquilizó a todos y les dio una buena dosis de ánimo. Hasta allí se acercaron Willy y Vegetta, que trataron de aportar su granito de arena.

La roca estaba en su sitio, las gomas estaban tensadas y el ángulo estaba calculado. La suerte estaba echada.

—¿**Preparados?**

—preguntó Manazas.

—¡**Preparados!**

—contestaron todos, rojos por
el esfuerzo que estaban haciendo.

—¡**Soltamos a la de tres!**

—exclamó Manazas—. **Una...**

Vakypandy estaba preparada. Debía seguir
el proyectil desde el principio y emplear su magia
para que llegase a su destino. No podía fallar.

—Dos...

El volcán seguía escupiendo
fuego por el cráter principal.
Afortunadamente, del famoso
cuerno únicamente salía humo.

–¡TRES!

Todos soltaron las gomas. El proyectil salió disparado como un cohete, directo al volcán. Era el momento de la verdad. No podían pasarse. No podían quedarse cortos. Debían dar en el punto exacto. Y de eso se encargó Vakypandy.

La mascota siguió el proyectil con sus brillantes ojos. Mientras volaba, lo desvió ligeramente, orientándolo en la dirección adecuada.

—Por favor, por favor, por favor...
—murmuró Manazas, que estaba que se comía
las garras.

Vakypandy frenó la velocidad de la roca, para que el impacto no fuese demasiado brusco. La inmensa roca cayó sobre el cráter y quedó encajada allí, como un tapón. Al instante, la lava dejó de salir. El temblor suave pero constante del volcán en erupción fue sofocándose poco a poco, hasta que llegó la calma definitiva.

El cielo aún tardaría un tiempo en despejarse, pero lo importante era que el plan había funcionado e Isla de Huesos estaba a salvo.

—**¡PISTONUDO!** **¡Mi mejor amigo es un héroe!** —exclamó Gigantón, dándole una palmada en la espalda.

El día de las Dinolimpiadas, Manazas se había convertido en el héroe de la isla.

LA BODA

La proeza lograda por Manazas corrió como la pólvora por todos los rincones de Capital Huesitos. Al rato, todos hablaban de cómo había ideado el plan para tapar el cráter del volcán y, años después, su leyenda crecería hasta hacer de él el dinosaurio más fuerte del planeta, capaz de lanzar la roca salvadora a pulso.

Sin embargo, Manazas era consciente de que su plan nunca hubiese podido triunfar de no haber sido por la magia de Vakypandy. También Willy, Vegetta y Trotuman habían colaborado. Y Gigantón. Pero la ayuda de Vakypandy había sido fundamental.

—Nunca tendré suficientes palabras para agradecerte lo que has hecho por nosotros —le dijo a la mascota.

—La idea fue tuya... —contestó Vakypandy, aún muy cansada por el esfuerzo—. Y es lo que cuenta.

—No estoy de acuerdo —insistió Manazas—. Sin ti...

—Amigo mío, no te ofendas, pero estoy un poco cansada —replicó la mascota—. Además, creo que no es conmigo con quien deberías estar hablando. Te esperan en el palco.

¡Preciosa! Al contemplarla de lejos, el rostro de Manazas se puso tan rojo como la sopa de tomate que probara días atrás. Había estado muy cerca de perderla.
Pero la buena suerte había querido ofrecerle una nueva oportunidad. Además, era muy posible que el Rey lo mirara con otros ojos a partir de aquel momento.
Por eso, con ánimos renovados, se acercó hasta el palco. Los demás se hicieron a un lado, pues era el protagonista.

—¡**MANAZAS!** —exclamó Preciosa al verlo. De inmediato, corrió hasta él y se fundió en un tierno abrazo—. Lo que has hecho ha sido increíble. Estoy muy orgullosa de ti.

—**Gra-gracias** —contestó él. Estaba tan emocionado, que apenas podía hablar.

Aún estaba Preciosa abrazada a su cuello, cuando vio que el Rey se aproximaba con un paso solemne. Su rostro volvía a estar serio como siempre y a Manazas le temblaron las piernas como si fuesen de gelatina.

—Te debo una disculpa, Manazas.

El joven tiranosaurio lo miró perplejo.

—Siempre te he visto como un tiranosaurio torpe y con poco futuro —prosiguió el Rey—. Y no he podido estar más equivocado. Hoy nos has dado toda una lección de fe, confianza en uno mismo, valentía, nobleza... Tu brillante idea ha salvado nuestras familias, nuestros hogares... En definitiva, nuestra isla. Eres todo un héroe.

—**Yo...** No sé qué decir.

Manazas agachó la cabeza. Sentía vergüenza ante tanto halago. A su lado, Preciosa permaneció todo el tiempo sin apartar la mirada de él.

—No hace falta que digas nada —dijo el Rey—. Me gustaría poder ofrecerte un regalo. Pero me temo que nada en este mundo podría compensar el valor de tu acto.

—Oh, no esté tan seguro.

Manazas habló con tanta naturalidad, que de inmediato volvió a avergonzarse. ¡Estaba ante el Rey!

—¿En serio? ¿Qué podría darte?

—Bueno, yo... En fin... **Quería pedir la mano de su hija...**

El Rey sonrió.

—Por supuesto, tienes mi aprobación —dijo—. Ahora bien, será ella quien tenga la última palabra.

Manazas se agachó, doblando una de sus rodillas.

—Preciosa, ¿quieres casarte conmigo?

Se hizo un silencio casi espectral. Preciosa se llevó las manos a la boca.

—**Yo...**

—No hace falta que me contestes ahora —dijo Manazas—. Era una idea a largo plazo...

—**Por supuesto** —dijo al final Preciosa.

La joven dinosauria se abalanzó sobre él para darle un beso. Al verlo, los ojos de Trotuman enrojecieron de la emoción.

—**MI AMIGO SE CASA** —dijo Gigantón, todavía en estado de *shock*—. Mi amigo se casa. ¡Mi amigo se casa! ¡Eh, escuchad todos! —gritó desde el palco, hacia las gradas—. ¡Mi amigo se casa!

Al oírlo, los pájaros dodo comenzaron a repetir el mensaje. Cuando llegó al último dodo, este gritó:

—**¡Mendrugos en salsa!**

—Bien, si todo está decidido... ¿Para qué esperar más? —dijo el Rey—. Mañana mismo os casaréis en la Gran Plaza de Capital Huesitos. Tenemos que empezar con los preparativos.

—**¿Mañana?** —preguntó Willy, sorprendido—. A lo mejor me meto donde no me llaman, pero... ¿No es un poco precipitado?

—Oh, no lo creo —respondió el Rey—. ¿Cuándo crees que deberían casarse?

—Bueno, no sé. Tal vez deberían tomárselo con un poco más de calma... —dijo Willy.

—Dentro de unos meses. Quizá un año... —añadió Vegetta.

—**¡Un año! ¡Eso es un disparate!** —exclamó el Rey—. A ese paso nos extinguimos antes de la boda.

—En nuestra tierra las bodas se planean con varios meses de antelación —explicó Vegetta.

—Nada, nada. No se hable más. ¡Mañana celebraremos la boda de mi hija con Manazas! ¡Será la mayor fiesta del año! Vamos, ¿a qué estáis esperando? Tenéis que ir a probaros algo de ropa para estar presentables. ¡Mañana *sí* es el gran día!

Willy y Vegetta asistieron a la boda vestidos con los mejores trajes que pudieron encontrar en Capital Huesitos. Gigantón los llevó a un sastre que conocía. Este pudo arreglarles prendas que tenía preparadas para dinosaurios de tamaño reducido.

Al evento asistieron dinosaurios de todos los rincones de Isla de Huesos. No había tanta gente como en el Dinoestadio, pero casi. Se habían mantenido las decoraciones del día anterior, los globos y las flores. Los vecinos de la ciudad habían hecho un esfuerzo extraordinario limpiando las cenizas del volcán y se habían volcado en la preparación del banquete.

—¡Cuánto me alegro de veros! —exclamó Manazas, al verlos llegar.

Iba elegantemente vestido con un traje verde, elaborado con hojas trenzadas. A su lado estaba Preciosa, con su vestido blanco. Era tan suave que parecía haber sido tejido con pétalos de rosas blancas. Willy y Vegetta tuvieron que reconocer que estaba más hermosa que nunca.

—Felicidades —dijo también Willy—. Estáis los dos muy guapos.

—Gracias. Es un día muy especial —les dijo él—. Sin vuestra ayuda, no habría sido posible.

Trotuman se acercó hasta Manazas.

—**Eh, grandullón** —llamó—. Con todo el lío de ir a rescatar a Preciosa, la preparación de las Dinolimpiadas y salvar a todos del volcán, se te olvidaba esto...

Le entregó un objeto alargado, que brillaba a la luz del sol.

—**¡EL RASCADOR!** —exclamó Manazas—. ¡Ni me acordaba!

Preciosa quedó fascinada al verlo. Si bien es cierto que era un objeto útil y práctico, que nunca habían visto en Isla de Huesos, lo que más le gustó es que Manazas hubiese pensado en ella durante su viaje a Pueblo.

La ceremonia fue celebrada por el propio Rey. El momento del «sí, quiero» emocionó a todos sin excepción.

—Manazas, ¿quieres a Preciosa, mi hija, como tu esposa, en la salud y en la enfermedad, hasta que la extinción os separe? —preguntó el Rey.

—SÍ, QUIERO.

—Por mucho que el Rey diga, hay cosas que no cambian ni en los rincones más remotos del planeta —dijo Willy, golpeando con el codo a su amigo.

—No voy a llorar, no voy a llorar... —contestó Vegetta, con los ojos enrojecidos.

—Resiste —dijo Willy.

—Preciosa, ¿quieres a Manazas, el héroe de Capital Huesitos, como tu esposo, en la salud y en la enfermedad, hasta que la extinción os separe?

—SÍ, QUIERO —dijo Preciosa.

—No estoy llorando —mintió Vegetta mientras las lágrimas salían a mares de sus ojos—. ¡Buaaa!

—¡Tus lloros son contagiosos! —afirmó Willy, que tampoco pudo ocultar su emoción—. ¡Buaaa!

—Vaya dos pastelosos —protestó Vakypandy.

—Estoy contigo, amiga mía —dijo Trotuman, también llorando a moco tendido—. ¡Buaaaaa!

Los asistentes se pusieron en pie y aplaudieron antes incluso de que el Rey pudiera pronunciar las últimas palabras de su discurso. El barullo era tan grande que apenas se escuchaba lo que decía el monarca.

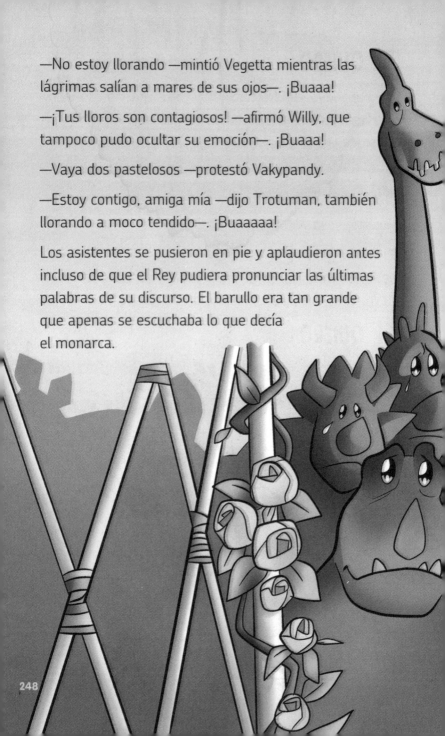

—Puedes besar a... Puedes... ¡Bah! —se rindió el Rey—.

¡¡¡VIVA EL AMOR!!!

—¡¡VIVA!! —respondieron al unísono

todos los asistentes.

Sin perder un instante, la fiesta dio comienzo. Aunque les encantaban las celebraciones y los festejos, Willy y Vegetta tenían que marcharse. Debían regresar a Pueblo y contar a sus habitantes que la criatura verde había sido derrotada y que nunca más volverían a vivir bajo su amenaza. De hecho, habían acordado con el Rey desterrarla al Peñón Solitario. Era un islote perdido en alguna parte del océano, lejos a nado de todo, donde con suerte podría contar con una palmera para resguardarse del sol y una caña de pescar, para poder sobrevivir. Allí pasaría el resto de sus días, pensando en lo que había hecho.

Cuando llegó el momento de despedirse, Willy y Vegetta sintieron pena por sus mascotas, que lo estaban pasando en grande. Vakypandy estaba degustando las delicias del menú vegetariano que se servía, mientras que a Trotuman lo vieron disfrutando en la pista de baile, junto a una pequeña dinosauria muy parecida a él.

—Debemos marcharnos.

—¿Estáis seguros de que no queréis quedaros un poco más? —preguntó Manazas, sin dejar de bailar.

—Lo que es querer, querer... —dijo Willy—. Pero tenemos tres días de travesía hasta casa.

—Lo comprendo —dijo el tiranosaurio.

—Ha sido un placer conoceros, chicos —dijo Gigantón, que se había acercado hasta allí acompañado por dos guapas velociraptoras.

Los asistentes se enteraron de su marcha y decidieron acompañar a los amigos al puerto. Era lo menos que podían hacer por ellos. Habían preparado de nuevo *Barco Costilla* para llevarlos de regreso a Pueblo. Desde la orilla no cesaron de saludarlos y aclamarlos —especialmente a Vakypandy—, hasta que el barco se perdió en el horizonte.

—¿Qué tal la boda? —preguntó el capitán, un dinosaurio anciano y marino experimentado.

—Bien, bien —dijo Vegetta.

—No hemos llorado ni nada, ¿eh? —reconoció Willy.

—¿Había flores? —se interesó el capitán, sintiendo curiosidad.

—Muchas... —confirmó Willy.

—¿Y se dieron el beso? —preguntó el marinero.

—Oh, ya lo creo —dijo Vegetta, recordando el momento.

—¡Es demasiado bonito para mí! —exclamó el marinero—. ¡Me lo estoy imaginando! ¡Y es precioso! ¡Buaaaa!

Al ver que al capitán se le saltaban las lágrimas, Willy y Vegetta no pudieron contenerse. Y al rato se les unió Trotuman. Vakypandy los miró con resignación y se encogió de hombros.

Entre lágrimas, Willy y Vegetta observaron por última vez Isla de Huesos. A lo lejos, se perdía aquel lugar en el que habían hecho grandes amigos y del que tan buenos recuerdos se llevaban. Jamás podrían olvidar los buenos momentos pasados junto a Manazas y Gigantón, a quienes querían tanto como si fuesen sus hermanos. Estaban tristes por irse, pero contentos porque sabían que dejaban a todo el mundo feliz y habían ayudado a que los sueños de un amigo se cumplieran. Regresaban a Pueblo con más ganas de aventuras que nunca.

Con la llegada del anochecer, el sol fue cayendo,
ocultándose en el horizonte. *Barco Costilla* iba en aquella
dirección, como si intentase perseguirlo, para impedir
que se ocultara y que su luz nunca dejase de brillar.
Finalmente, el cielo se oscureció y se llenó de estrellas,
pequeñas y brillantes.